父親・母親

東瑞　瑞芬編

東瑞編析

獲益出版事業有限公司

父親 • 母親（欣賞系列）

著　　者：劉以鬯　梁錫華　陳耀南　黃維樑　黃嫣梨
呂志剛等90人

編 析 者：東　瑞

封面設計：保　蓮

主　　編：黃東濤（東瑞）

督 印 人：蔡瑞芬

出　　版：獲益出版事業有限公司
香港九龍土瓜灣道94號美華工業中心A座8樓11號室
HOLDERY PUBLISHING ENTERPRISES LTD.
Unit 11, 8/F Block A, Merit Industrial Centre,
94 To Kwa Wan Road, Kowloon, H.K.
Tel: 2368 0632

版　　次：一九九六年四月初版
二零二五年八月十一版

國際書號：ISBN 978-962-449-150-0

關於本書

繼獲「中學生好書龍虎榜」的《童年》之後，獲益又一本重要製作。九十位教育、文化、藝術、出版、傳媒、社團等各界人士懷着真摯虔誠之情，共同譜寫父親和母親之歌。既可視為《童年》的姐妹篇，又是不可多得的學生優秀課外教材。文章精短，不拘一格，各顯姿彩，情真意切，催人下淚。不失為一本富有創意的罕見的雅俗共賞、老少咸宜的好書。

本書作者（共90位）

陳耀南
陳家春
黃維樑
李哲雲
周淑娟
郭佩荷
黃業華
劉鳳鸞
劉以鬯
章萍萍
蘭　心
林中英
王一桃
關麗珊
謝雨凝
戴玉明
唐姨姨
千　仞
張漢基
王心果
李遠榮
孫觀懋
潘如蘭
黃嫣梨
韋　婭
鄭炯堅
李筱潔
周　遊
張凱嫻
彭鑑冰
丘安盛
唐至量
彥　火
嚴吳嬋霞
於　瓊
宇無名
杜臨風
水禾田
鄭春盛
陳志常
朱　建
楊金蓮
李昭孔
夢　如
華　莎
東　瑞
陳德錦
朱少璋
子　勉
秀　實
周端兒
陳瑞光
鄧鳳儀
忠　揚
陳少芬
駱賓路
古　劍
夢　子
林　蔭
南　思
江啟明
林日明
潘夢圓
阮衍章
曉　帆
吳佩芳
松　木
劉素儀
梁錫華
孫慧玲
呂志剛
非　林
孫觀琳
許穎娟
潘金英
林力安
陳贊一
譚帝森
吳建芳
潘秋華
海　辛
胡民廣
徐子雄
唐巾雄
謝理玲
琅　璧
鍾　愉
李華川
梁淑琪
劉樹華

（排名不分先後）

目次

報刊・雜誌

寫作界

電影・傳播

藝術界

社團

商界

其他

凝聚着愛和淚的結晶體

——九十人合集《父親．母親》前言

●獲益編輯部●

1

幾度淚下，幾番哽咽，幾次中止閱讀。

在獲益出版的近一百五十種讀物中，還不曾有過這麼多作者齊聚在一起。為着一個共同主題義務提供佳作的；更重要的是，在閱讀書稿的日日夜夜裏，似乎還沒有一本書，如此深深衝擊、激動、震撼着我們的心。以至看稿中途，常掩卷抹淚，情思在文章的字裏行間中低迴，心情久久、久久不能平靜下來。

這樣的一本書，早就該出版了！

這樣的一本書，很奇怪不見有人出版。

這樣一本凝聚着刻骨銘心的愛和熱淚的感人至深的書，很榮幸，能由我們出版。

能夠出版這樣一本書，全靠九十位作者共同的愛，對父親和母親的愛；正是這種愛，凝聚成這一顆充滿愛和淚的美麗珍貴的結晶體。

2

在《父親．母親》徵集稿件、編輯進入尾聲的時候，集四十八位作者智慧、由獲益出版的《童年》經一年市場的流傳和考驗，傳來佳音：一九九五年十二月十七日「九五’中學生好書龍虎榜」揭曉，它被選入十大好書之一。這個消息對我們來說有些喜出望外。事緣在一些行內人對健康讀物悲觀失望、不予看好，市面上的閱讀品味確實發生變化之時，我們對每一本書，都不敢抱太大期望。《童年》之後，我們早把精力放在下一部「集體創作」的選題醞釀了。忽然，《童年》報捷，且又是在近三萬名學生投票而上榜（排名第三）的，教我們怎不又驚又喜？我們除了視此為四十八位作者的光榮、並深深感激他們當時的支持之外，並沒有躺在成功牌沙發上聽那陣陣掌聲而陶醉，相反，把榮譽當作一種鞭勵、一種無形的力量，加緊了這一部《父親・母親》的組稿、催稿、編排和設計構思的細節工作。儘管作者九十名，比《童年》多了一倍，約稿等各種瑣碎的程序使編成這樣一本書萬分辛苦，但想到了類似《童年》得到的來自讀者的那種回饋，不管怎樣，我們一定要將它編好、出成。

《父親・母親》應該和《童年》成為姐妹篇，它們之間存在着某種內在聯繫，甚至，分量比《童年》更重。

我們下決心要把《父親・母親》編好；《父親・母親》也一定可以出成出好。因為除了來自作者的熱烈回應之外，我們面臨的並非其他選題，而是人類千百年來天然、共同的話題！

3

一九九四年底《童年》的出版，產生了一些社會效應，也形成寫作圈的熱門話題。許多關心獲益的朋友紛紛詢問：下一步，以甚麼做出擊？每一次有甚麼大動作？不要忘了我，請預留我的一份！……這種來自寫作圈朋友的關懷支持和參與熱情，既使我們感動，也令我們珍惜。可是獲益人手太少了，縱得喘息片刻，也無法一鼓作氣。但我們心中是有所醞釀的，在《童年》出版後大半年，我們就不時以此選題徵求大家的意見。出乎意料地都得到贊同的熱烈回應。一次，和陳耀南教授茶敘，我們正式告訴了他這一計劃。他不但熱情支持，且提了很多好建議。例如，他說母親選題，應也要把父親列入：考慮到可能大家寫母親多，更應將父親放在母親之前，以示公正和平衡。

一九九五年六月，我們正式將《父親・母親》邀稿信發出。和《童年》邀稿一樣，我們並無任何派性，只着重代表性和廣泛性。大、中、小學的老師在出版業不景氣的時候，扮演着萬分重要的、推動健康讀書風氣的角色。我們有意請喜歡寫作的老師參與，使他們對出版和寫作的艱難度方面感同身受，亦得到令人欣慰的回音。他們認真、一絲不苟的態度，不愧體現了為人師表的本色。因此，本書作者中的教師群，佔了一定比重。我們前前後後約發出了一百三十封邀稿信，其間有部分怕是因忙忘了，又再度發催稿函……歷盡半年的耐心徵集、等候，終於編成了今天本書的規模：一本九十人的空前合集。

4

書出版了。正如其他每一本書的出版一樣，我們還無法預計它會產生怎樣的回響。但我們重視這樣一本書，不是沒有理由的：

首先，出版業陷入低谷，書市疲靡，讀書風氣持續欠佳，出版的經濟效應被重視的程度遠遠大於社會效應；《父親・母親》的出版無疑可以再次顯示寫作人、有識之士的信心和決心，對不良出版物的抗衡和鄙棄，為出版界帶來一陣清新之氣；其二，西風東漸，道德淪喪，東方的一些價值觀念，尤其是華族自古傳下來的優秀文化傳統、美德，不復被強調，《父親・母親》之出版，不啻為傳遞一種「東邊太陽西邊雨」的訊息，中國人有許多無形的瑰寶是應該流傳下來的。因此，《父親・母親》的出版，意義並不在小。

《父親・母親》九十篇文章所寫的，是人類亘古以來最美麗的真實傳說！

《父親・母親》所描述的，是人類最原始也是最永恆的故事；所體現的，是人類最樸素也最真摯的感情，不偽不假不飾，透明一如水晶！

《父親・母親》是由九十位來自各界的有心人，用浸透了淚和愛的花瓣，組成天下最樸素最碩大的獻給我們雙親的動人花朵！

這一部小書，雖僅二百餘頁，但分量很重。父親節和母親節來臨的時候，就讓我們作為小小禮物送給他們吧！

尤其難得的是，本書一反在此之前已有過的只寫母親，不提父親的集子的慣例，將父親也擺在同等的位置上，使被忽略的一個家庭的重要角色，恢復到其原來面目。與原來預計的不同，書內寫父親的篇章，數量並不比寫母親的為少。一貫扮演着沉默者的父親，終於也有了相應的篇幅，也值得我們抒寫、深愛和感激！

母親，是溫柔、溫熱、廣闊而美麗的丘陵！

父親，是沉默、深沉、凝重而威嚴的高山！

沒有他們，沒有人類衍衍不息的子孫；沒有他們，也沒有我們今天活在人世間；沒有他們，地球將沉淪，世界會很醜陋。

5

「養子方知父母恩」——感謝九十位作者在這本書共同總結出來的人生哲理。

「樹欲靜而風不止，子欲養而親不在」——《父親・母親》中的許多作者從與父母相處的片斷、對雙親的具體描述，為忽略了自己的責任而自省、懺悔，感人至深，也使這一部書，既是「父頌」

「母頌」，也是愛的懺悔錄！

我們感到有兩種熱流穿心而過：一種熱流，是父母親對子女的那種無償無悔的愛；另一種熱流，是作者對雙親的反省、感激、懺悔的深情。兩種雙向的愛之流，交融匯合，深沉有力，衝擊讀者的心，催人下淚！

如果我們讀到陳耀南教授滿懷內疚的心情、感激義父母對他的撫養，同樣仍盼望着有一天奇跡出現，找到他的生身父母；如果我們看到忠揚滿懷思念、半個世紀之後多次呼喚他生母，看到他生母臨終跪在大媽面前臨終託孤；如果我們想到，吳佩芳那病重入院的母親，每天都嚷着要出院回家為女兒煮飯；如果我們唸到王一桃長達四十三年後才能在他「娘惹」母親墓前祭拜……除非鐵石心腸，能不同聲一哭？……人說母愛的地位至高無上，來自人類的本性，母愛最無償，最不求回報，最偉大，可是，只當我們讀到作者們將這樸素的真理化為活生生的、形象具體的藝術畫面時，我們才感到它的確不同凡響，確有一種衝擊力量。

多少依依深情的回首，令人深刻難忘！

多少生離和死別的場面，震撼心靈！

6

《父親・母親》九十位作者包括大學、中學、小學老師、編輯、文化、出版界人士、報紙從業員、專業寫作人、影視、電台工作者、攝影家、畫家、社團、義工、商界人士、藍領……

《父親・母親》寫法不拘一格，各顯風采。

有的，寫成精短的小品文；有的，是結構嚴謹的散文；有的，是一封語重心長的信；有的，華采流溢，詩意盎然，不失為散文詩；有的，樁樁事實一一列下，是小型列傳；有的，是哀痛凝重的悼詞；有的，是泣聲可聞的祭文；有的，是親暱動人、文情並茂的內心剖白……九十位作者，大都認真嚴謹，共同點是一個「真」字。大部分文章，我們於篇末附了精要、畫龍點睛的「小賞」供讀者參考，希望有助於讀者對每篇文章中心和特點的理解和掌握。

最後，我們除了要在此向九十位作者深深感謝之外，還要說明，由於篇幅所限，有些文章略有刪節，情不得已，萬分抱歉！

希望《父親・母親》一書，能深受讀者喜愛，一如《童年》；因此，九十位作者的心血也就不會白費了吧！

謹以這本小書，敬獻給天下所有的父親母親，以及海內外所有的讀者！

一九九六年一月八日初稿

二零零一年十一月四日修訂

公瑾當年

●朱少璋

不知打從何時開始，我喜歡了周瑜！

當我當在垂髫之齡，父親總愛在茶餘飯後說故事。父親曾在舊式的鄉塾讀過兩、三年古文，但爾後的生活、工作，卻與文字毫無關係。在印象中，父親認得很多字，而且很尊重中國文化，他視說故事為一種「家教」。父親說故事很有技巧，每能在最緊張處煞住，又或者先述結果，再說原因，引起懸念。父親說的每個故事，我都記得清清楚楚，特別是關於周瑜的故事。

父親愛說孔明三戲周瑜的故事，說到他賠了夫人又折兵，說到他錯走空城，身遭箭傷，說到他與張飛在蘆花蕩大戰，最後被孔明寫的一封信氣死。父親的潛台詞是：周瑜由於年紀輕，有勇無謀，不足為法。此「台詞」似乎是衝着我而說的。但我獨愛周郎的天真坦蕩，這大概是由憐而生愛的緣故吧！

大約是十二、三歲的時候，我開始看《三國演義》，希望在書中能看到更多有關周郎的故事，父親見我每天都在看，便問道：「你天天的看，看通了沒有？我問你一個問題！」我連忙說：「書中人物太多，嗯，就問關於周瑜和孔明的吧！」父親說：「你知道孔明和周瑜的母親的姓嗎？」我一時愣住了，說：「書中沒有記載，我當然不知道！」父親卻悠然地說：「答案就在書中。」

我翻了好幾天書，始終找不到答案，終於投降了，父親施施然說：「周瑜臨死前說了一句話，記得嗎？」我連忙搶着回答：「既生瑜，何生亮。」（注(1)）父親說：「那不就是答案嗎？」啊！氣死人了，父親竟把「既然」的「既」字、「何必」的「何」字，別解為「姓既的生周瑜，姓何的生諸葛亮」。到今天，我還不曉得世上有沒有姓「既」的人，但父親的幽默、我的不忿，卻還是歷歷在目。

唸中學五年級的時候，從文學課外書中讀到蘇東坡的《念奴嬌》，其中有「遙想公瑾當年，小喬初嫁了，雄姿英發，羽扇綸巾」之句，描寫年青時的周瑜，極為傳神，又知道周瑜有顧曲之能（注(2)），可謂才兼文武。關於周瑜的故事，我比父親知的更清楚、更詳盡。現在年事已高，在「問廉頗老矣，尚能飯否」的年紀，父親尚能斷斷續續地道周瑜故事之首尾，但有時卻把空城計一節誤植在周郎身上，又或者把丈八蛇矛轉植給周瑜（注(3)），但他還沒有忘記那一記「殺着」——「孔明和周瑜的母親是……」父親一臉詭秘的問。不知怎地，我故意說不知道，好讓父親能為我再說一遍故事，父親洋洋灑灑地說：「周瑜臨死前說了一句話……」如白頭宮女閒坐說玄宗，我癡癡地望着他，似乎又再看到當年的對答情景……

不錯，正是從這時開始，我喜歡了周瑜！

(1)「既生瑜，何生亮」，原意為上天弄人，既生周瑜，又何必生諸葛亮。足見周瑜在臨終時的不忿心情！

(2)「曲有誤，周郎顧」，周瑜熟知音律，調曲有誤音者，則周郎必顧。

(3) 空城計是孔明與司馬仲達的鬥智故事，而丈八蛇矛則是張飛的專用兵器。

【小賞】 寫父子情，敘述角度頗為特別：不直接着一字，自始至終圍繞讀三國、談三國的幾個片斷展開，且充滿情趣。其實父子間這類隨意的交流，恰恰能見出彼此關係的親密。全文樸實無華、溫馨親切。

那一雙黑亮的眼睛

●韋婭

爸爸有一雙黑亮的眼睛。

那眼睛在牆上，在那幅脫落了些許漆色的棗紅木相框裏。那眼睛同媽媽的微笑聯在一起。

媽媽愛畫畫，更愛幻想，這與爸爸不同。媽媽說，她是因着爸爸那雙漂亮的眼睛，才嫁給他的呢！而爸爸則從來不講這些羅曼蒂克的話，爸爸除了那身威武的軍裝、嚴肅的儀態外，似乎就只剩下整天望着我微笑的牆上那一幀照片了。那是爸爸與媽媽的婚照。

爸爸娶媽媽那年一定真的下過誓，要不，媽媽不會整日叨念爸爸說話不算數，她要的那架琴一直沒有影兒。爸爸除了過年回家匆匆晃一下，平日裏，家裏只有我和媽媽了。夜裏，我常常躺在牀上，不自覺地打量着牆上爸爸那雙充滿神韻的眼睛，看看媽媽，發現她也在望爸爸。

媽媽溫柔，浪漫。爸爸呢，有些陌生，有些威嚴。

甚麼時候起，我見到爸爸有些難為情了。每逢爸爸回家，我就顯得有些拘束，爸爸呢，就用他那雙黑黑的大眼睛打量我：「長高了。」我就更不好意思了。爸爸來牽我的手，我卻將手悄悄地縮了回來。我覺得我與爸爸有距離了。

其實爸爸不愛說話，每年回家的次數有限，所以我總沒有父女情深的那一種體會。很多年後，爸爸才調到我們身邊，可那時，我卻上大學離開家了。臨走時，爸媽來送我，我有些傷心。寫家信時，卻通篇都談媽媽，竟忘了問候爸爸。爸爸也不介意，說，對媽媽好，應該的，媽媽拉扯你長大，辛苦。

我似乎很少去領略爸爸的感情。

人生路走了一程又一程。回家探父母，爸爸的頭髮灰白了，背也微微地彎曲了。媽媽的皺紋也明顯地細密了。爸媽老了，我心裏不禁有些惶感。彷彿突然意識到人生路其實很短。那時候，我遠離父母，一個人拖着個孩子，不肯將心底的委屈訴諸年邁的父母。父親也不多說，離開母親前來幫我照料這個家。

想着爸爸年輕時馳騁疆場，到老年，卻又來為女兒的私事操心，不禁更為傷感。爸爸天不亮就起身，晨練、清掃、買菜。晚上做好了飯菜暖在鍋裏，就一直坐着等我回家。我那時心亂，自然與爸爸對話不多，夜裏伏在桌上寫作，他就坐着看電視，常常歪在椅子裏睡着了。

爸爸卻總是開朗地笑着，跟孩子說他肚子裏的那些故事，對我講白天在菜市怎樣省回了幾角錢，似乎對我的艱辛處境不當回事。爸爸他永遠不會氣餒。也許，正是爸爸的這種精神，支持着我度過了我的人生難關。如今看着爸爸，我發覺他的眼睛已經沒有當年的神采了。爸爸說他得了白內障，眼睛看東西不太好使了。

我心裏突然很難受。望着爸爸模糊的眼神，我感到，我離爸爸的距離是那麼近，那麼親。才感到，爸爸對我的愛深深的，深深的。說不出是內疚，還是感激，我親了親我的爸爸。

我的眼眶濕了。

爸爸在我心裏，永遠是那一雙明亮的眼睛。清澈、溫情、自信、堅毅。

【小賞】爸爸有一雙黑亮的眼睛看女兒，女兒也在用深情的眼睛看父親。父女情結從生疏、難為情轉而親密，在作者筆下有細緻的描寫。在父親眼睛失去神采時女兒（我）反而親了他，這一節意蘊很深。

偷窺

●孫慧玲

「在家鄉，只穿上內褲的叔伯和光着身子的男孩子，總愛在橋下的溪潭中洗澡游泳，還爬上石山，噗通噗通地跳水。橋上人來人往，他們根本就視若無睹……。」母親笑着開始了她的習泳趣事。

「哎！村中的女性是不能到潭上玩的，連到潭上看他們也會被指責為沒有規矩，不成體統呢！」

那您怎知道……？

母親抿着嘴輕聲地說：「我們躲在潭邊的樹叢後，透過密密的葉子縫隙偷看他們，心裏還噗噗地跳呢！」

啊！您偷窺？！女孩子去偷窺？！

「哈！我看見他們兩腳踢踢，兩手撥撥，人便浮在水中，原來游泳是十分容易的事。於是，在第二天中午時分，我便約好了其他幾個女孩子，溜到池塘習泳去。」

奇怪，為甚麼在中午，且是去池塘？池塘不是用來養魚蝦的嗎？

「對呀，村口那個池塘，用人工挖成，面積有一個標準泳池的二倍，池水黝黑，黑不見底，所以也不知有多深，但它的一邊建有石階，方便我們拾級而下。池塘是女人專池，男人禁地。那天中午，我們吃過午飯，告訴家人我們上學去，然後便偷偷溜到池塘去玩。」

你們上學？

「我們上私塾，全日制，中午有一小時午膳時間，我們三扒兩撥吃過午飯，為免打草驚蛇，替換衣物也不敢帶，沿路上還要左張右望，確保沒人發現，真的是又緊張又刺激！

「我扶住石階邊緣，戰戰兢兢地踢水，但那處石階長了青苔，我手一滑，身體便沉下去，還連喝了幾口黑色池水。要命的是那天是雨後，池中的蝦都浮到池邊，我一伸手去抓，便刺着，手一縮，身體又沉下去，再連喝幾口黑色池水。更要命的事在後頭：到我們玩夠了，要上岸時，忽然發覺樹上人影掩映……。」

偷窺者也被偷窺了！

「我們當時赤裸裸的，被他們看到，還了得？所以我嚇得『砰』的一聲叫出來，『噗』的一聲蹲到水中，其他女孩子也立即沉下身體，只露出兩個鼻孔，一對一對骨碌碌的眼睛，和一頭一頭飄在水上的長髮。其實，我們當時才十歲，身體還未發育，有甚麼好看的？！」

母親邊說邊笑，忍俊不禁。

「那幾個討厭鬼，藏身在圍牆外的幾棵大樹上，居高臨下，知道被發現後，有個更伸出長長的樹枝，努力地要挑走我們的衣服呢！我們光瞪着眼，猛跺着腳，哭喪了臉，心中焦急，卻不敢走出水搶救去……。」

懊，那怎麼辦？

「幸而上課的時間到了，男孩子不敢久耽。他們離開後，我們才慌忙上岸，忙亂地在濕漉漉的身子上套上衣服；頭髮還淌着水，水珠沿着臉頰流下來。我們拚盡全速跑回私塾，但只像傻瓜般在課室門口喘着大氣，濕衣服緊貼着身體。老師和同學都望過來——真的沒啥看頭嘛！哈哈……！」

故事還有下文：這以後的許多個中午，母親和她的小朋友又隱身在那高高的圍牆後……；圍牆外的大樹上，又來了幾隻猴子……。

只是，母親的「兩腳踢踢，兩手撥撥」游泳法卻成功了！

【小賞】一些母親可能對自己的孩提時代諱莫如深，文中的母女卻如一雙姐妹在交談且百無禁忌。母親話當中「偷窺者也被偷窺」的趣事，除體現個性的活潑外，也令人頓悟，母親亦常人，十分平凡。

溫溫淡淡　明光燦燦

●梁錫華

「你再上去就打斷你的腿」，這是父親厲聲向我說的話。他一生似乎只有這一次是動肝火的，因我跟幾個年紀相若的小朋友爬到屋頂的平台上遊戲。對於五、六歲的孩子，這件事何等危險，而我是他晚年的么兒。

老父親脾氣之好，眾親友都稱讚。他從來不罵人，包括僕婢。但他也不是渾渾薰風，更缺乏浪漫派的一團火。以季節做比喻，他是初秋吧。

他所受的是儒家教育，未能說升堂入室，因着環境關係，十六歲就得放下書本進社會學做買賣了。起頭打工，以後才自己經營，鼎盛的日子，廣州、佛山、香港、澳門和上海都有生意，可以說長袖善舞，但卻不善言。他根本是不大開口的，和親友在一起時，也講些應酬話，溫溫和和，略帶微笑，不爭辯，也不發任何高論，當然和慷慨激昂是絕緣的。

悲憫是他心中常存的「暖爐」。母親覺得他太過。他有自己的看法。且舉一例：家鄉族內有個姪輩的懶漢說沒錢了，要把祖傳的一個魚塘賣給他再以租塘方式繼續耕作。他同意，接着還資助對方多買點農具。豈料那傢伙就是吊兒郎當不交租，年復一年，不時還會進城跟他借飯錢。母親很生氣，說從來沒有見過這等荒謬事。父親呢，不慍不躁，老是跟母親輕聲發他那句「招牌」話：「人家很窮苦。我心中不忍。」「不忍」是他的口頭禪和行動指南。母親常常說他所做的笨事傻事和徒然花錢的無聊事，都是給「不忍」所害。然而這「不忍」在土地改革期間卻救了一家性命，因為那位族姪是貧農，女兒還當了個甚麼長，到處抓人鬥爭清算，父親沒收過他家半文租錢，不算地主，人難乃免了。母親後來說這真是父親好心的積德。

據悉，父親雖然三十歲左右開始已經是個富翁級人馬，但過的一直是儉樸生活。有時候帶點迂和愚是真的，例如他在母親面前曾經嘆氣說不明白我穿鞋子為甚麼那麼「粗」。「你們看我，」他說：「腳下這雙布鞋子穿了十年了。」母親的火氣在這樣的關頭總是十足的。她抗聲道：「你是老人家，他是小孩子，可以比較嗎？端的是滿口糊塗話！」

父親最叫我長懷永慕的是他一生不以榮辱得失為念。做了幾十年富翁而一旦在戰爭中喪盡所有，卻沒說過半句怨天尤人的話，五中也沒有憂憤悲苦，更不見心理不平衡，這是很令人驚訝的。我跟他年齡太懸殊，父子之間不會談「大事」，但從親友的口中，無論他生前死後，都聽得很多，內容一律是讚嘆。人人都欣賞他的恬淡和豁達。由於他這點無言之教，家中大小都學到不少范仲淹《岳陽樓記》裏頭所說「不以物喜，不以己悲」的情懷。他的行止，不自炫耀而清輝長照。他活到八十多歲，在睡覺中無病無痛去世。用俗語說，是實在修得到了。

父親了不起的地方我自問不及，可是每一憶念，都有助鞭策自己要見賢思齊。

【小賞】刻劃父親個性，有略寫，有詳寫；事例敘述具體，精簡有力。作者試圖證明，好心未必沒有好報，很有說服力。父輩的與人為善的品格、瀟灑的個性，都是值得做子女的繼承的無價財富。

燈火在閃着光

●陳家春

午夜。零度。飢饉的一九六二年冬季。

在廈門通往泉州的公路上，我瑟縮在罐頭式的車廂後座，車子顛簸如船。前方就是故鄉，那是母親居留的地方，近了，更近了。許是因為冷，加上陣陣激動，一首熟悉的歌緩緩地從心底漾起：「當年我的母親，通夜沒闔上眼睛，伴我走遍家鄉，為我一路送行……」

是凌晨五時到家的。鯉城還處在休眠狀態。千萬別擾了深宅裏母親的夢——我對自己說。於是，壓抑着騰躍的情緒，哆哆嗦嗦地立於老家的木門外。依舊是俄羅斯民歌溫暖地陪伴着我：「在那矮小的屋裏，燈火在閃着光……」

曙色裏，現出母親驚喜的面龐……哦，我的母親，媽媽！

很多年以後的今日，我才體悟到「故鄉」的實在的意涵。沒有了母親的地方，就不再是故鄉，如同失卻了光燄的燈盞，不再暖熱。

母親是九年前在香港去世的，來港之前，已經是病殘之軀，用輪椅接送到這裏，前後只過了三年，她的大半生熱能早在故土耗盡了，四九年父親離家來港，母親才三十八歲，自此，家族內外的重負，全由母親一力肩承。風雨三十載，朝夕誰與共？柔弱不過的她，竟以驚人的韌力，篳路襤褸，把近乎衰頹的古宅，整合成一座富足的精神家園，讓兒女們留連於其中，四方親友更是傾慕不已。那些年月，母親就是故鄉唯一的光華。

記憶中，母親沒有實行過甚麼「家教」。唯有一次，那是我讀中學時，大院裏來了街道委員會的小幹部，大聲粗氣地說着話。其時，少年氣盛的我，連正眼也不看他一下。過後，母親正色地告誡我：「對來訪者，千萬不可無禮，起碼都得問一聲。」我於是頭一回領略慈母處世的嚴肅。她自家可是待客有道呢。平日，上門的親友，不管長幼尊卑，總是即刻捧上一杯熱茶，噓暖問寒的。

母親自有她常規的「家課」——灑掃庭院，每日裏，她必定摸黑起身，「喀喀喀咯咯」的雞毛刷的敲擊聲，便是清晨的「軍令」，將睡夢中的家人喚起，偌大的宅院，內外廂房，一一清理，掃帚伸向邊邊角角，一丁紙屑，一點塵垢，都不放過，直到四壁透亮為止。數十年如一日，一家子全都在她的熏染下得到「淨化」。

最記得母親那一雙溫潤的眼睛，長長地駐留着無語盼念，更像是一種恒在的牽引，時時在啟動着甚麼……在訣別的日子裏，當我整理一隻古舊的大箱時，意外地發現她珍藏了五十年的一襲簇新的婚裝。綠緞子矜裙，繡着鴛鴦喜鵲，光鮮如初，想不到貞靜的母親，有如此深長的情愫。

穿越過無數陰霾，超度了多少濁流，歲月刻下了艱辛的皺紋，卻沒有留下一絲晦氣和污垢，她依舊是一臉祥和，一身淨潔。

如今，風和日麗，坐在紅磚堡式的理工大學辦公室裏，偶爾望一眼窗外，隱約閃現的光影，使內心驟然收緊。此刻，久別的母親安在？是在故家的東北陵園裏靜憩，還是在無際的太空裏仙遊，抑或是流連於孩兒的心腑裏？感覺裏，母親素來溫潤而略帶沉鬱的眼睛，仍像昨日般凝視着，那點點的暖熱，漸次從柔柔的注目中漶漫開來……

母親，你是我不曾失落的故鄉。

【小賞】幾樁小事，就把母親勤奮、知禮、愛潔、深情等幾個特點烘托得鮮明。風雨三十載，家族內外重負均由母親一力肩承，典型地概括了天下母性的堅忍和韌耐；沒有了母親的地方，就不再是故鄉的體悟，富有新意。

在風中並茂

●陳德錦

幼年患上一種病，症狀說起來似有還無、難以形容，然而影響卻很明顯，身體消瘦、精神不振，健康程度比同齡孩子有所不如。醫生拜訪過不少，吃過藥，也說不出所以然來。然而父親或母親常常在身邊陪伴我，他們憂慮的心情是可想而知的，也往往最能體會他們的愛護。這是生命中最初的一種體驗，大概可以叫做親情吧。

「怎麼我的相貌不像父母？」從前攬鏡自照，大概不止一次有過這樣的疑題。初步結論，是懷疑「病魔」把我的容貌改變了。年紀大了，才漸漸發覺除了相貌之外，同親生父母是有很多相似之處，比如對事情過分謹慎，以至在某方面獨斷獨行等等，這像父親；為人設想，但處事未免糊塗等等，這像母親。從父母得來的兩種頗有對比的遺傳因子，一旦混合起來，實在難以想像會形成怎樣的性格。然而年紀漸長，通過反叛，就覺得自己是大人，不能再事事倚賴親人了，至少病痛都要自己來承受。這反而激發起自己的「求生意志」，有病不對人說，吃一點肉體的小苦，在人生這個大苦過程裏又算得甚麼？這是生活中第二個體驗，或許就叫它做自愛吧。

想起幼年的病，也想到父母患病的事。八年前一個秋天，在澳門的父親懷疑患上內臟出血，進了醫院檢查。我跑到醫院，陪了一夜，當夜寒流襲澳，急雨敲窗，我只穿了兩件單衫，不覺頻頻打哆嗦。翌晨，到醫院外面走走，幾株大樹搖着疏疏落落的葉，街道人車稀少，蕭條灰暗，遍是風雨的聲音。我走過候診室，那裏有因各種疾病來求醫的人，有人用繃帶紮着手臂，有人坐在輪椅上，我還隱約聽到嬰孩的哭聲遠處傳來。這是生命中第三個體驗：對健康和幸福的追求，是人類天賦的本能。

窗外天高氣清，風還暖和，山丘上的樹木安靜而鬱綠，忽然想到「椿萱並茂」這句古語來。我幻想人類最終會發明一種藥物，可以對抗衰老，可以使人活到他所希望的有生之年。

往事悠悠，不覺過了多少寒暑，會使眼中一切風華變衰。一位終生未婚的英國作家，曾為他想像中的孩子講述長輩的故事，而我只願快將出生的孩子，能在他的祖父和祖母懷裏，感受一下我久已疏遠的呵護。

【小賞】自幼至長、由淺及深，作者寫了生命中的三種體驗：親情、自愛、對健康和幸福的追求，一次比一次來得深刻。文章雖短，但精煉好讀。從己病寫到父病，並期盼不老藥的發明，其中有真切的哀痛。

螟蛉與託孤

●陳耀南

昆蟲也會替人撫孤。古人說。蜾蠃背了小螟蛉回家，幾天後，小蜾蠃就出來了。從詩經開始，人們就以「螟蛉」為「義子」。

誤會。

不要緊。要緊的是人所歌頌的，「幼吾幼以及人之幼」的義舉。

受惠者更當稱恩人為義。義母讓我知道一點身世不算早，我自己總遺憾是太遲，否則應當多孝順一點——應該說：少忤逆一點。少一點惹她氣惱，多一點給義父——胼手胝足的父親——寫信。

信寫到墨爾本小博街214，後來是206。在鄉親的小店，從雜工到掌櫃。一手好毛筆字，一手好算盤。調製的臘腸，北銷到布里斯本。那時還是厲行白澳政策。幾十年只有幾次返鄉回港。小貨船晃晃蕩蕩。幾個月從南中國海、爪哇海、西太平洋、直臨南極海。大半生孤寂在唐人街。兩母子的生活來自萬千里外的血汗。由壯而老的父親，一部分安慰來自每月一封的、妻兒的信。

在早已又有IDD又有FAX的前年，我隨團首次來到墨爾本。趁午膳時，自己偷空跑到那寫過千百次的地址，幸好那店子雖已不存，舊樓還在。據後來另一位鄉親說：二樓臨街那一角，就是父親的牀位。就在那牀頭小桌上，我想，父親寄回了一封又一封獎勵的信、匯款的信，養大了他本來沒有義務栽育的我。

在潤濕、模糊的眼中，我又一次看到香港仔南朢醫院那息勞的遺體。在父親退休回港差不多十年之後。

那時太忙。又要渡海。又沒懂開車。探望暮年的父親實在太少。主要就是奉上生活月費的那次。欲養而親已不在。愧為人子。同時是愧為人父，愧為師表了。

陪同父親到荃灣芙蓉山東林佛堂探望過母親的靈位幾次。當年考慮不周，沒有買到相鄰的骨灰龕位，後來還好是相對。移居雪梨，就把父母親的遺像放大，併合一起，供奉在書房，共同眺望父親生前熟悉的、南半球的夜空。

母親的事，雖然以前寫過；她的身世，我實在知得很少。大概也是孤苦伶仃吧。母親不提，兒子也就少問。沒有後悔三十二年前決定陪伴母親而放棄了哈佛深造的機會，只後悔那時和現在同樣魯莽、暴烈，像母親生前所常說的：「升上了中學以後，就不大孝順了。」

無可如何，但實在遺憾的，是不知道——大概也永不知道了——誰是生身父母。不知他們會否還在。不知道會不會出現奇跡。遙想五十四年前，在那兵荒馬亂之際，生父——或者我是遺腹子吧——生母，要與當時還不到半歲的我，生離死別，不知自己的嬰兒是否有託，也不知所託何人，該是如何悲酸、如何悽苦呢！

【小賞】雖已有情有義，作者依然語帶歉疚地寫下了對養父養母的感情，充滿一位知識分子的懺悔意識；他希望有日奇跡出現，見到自己的生身父母。情也真，其意也深。

文字情

●黃嫣梨

無論何時，漫步於荃灣的山水塘畔，我都悽然想起了父母親在四十多年前遊覽此地時的幾首詩作：

一江綠水繞荃灣，遠眺紅樹伴青山。
飛步幽徑尋古寺，狼吞野食三疊潭。

青山綠水伴荃灣，曲徑遊人去復還。
遙聞古寺鐘聲磬，三潭泉湧響潺潺。

端陽佳節荃灣遊，迴還溪水綠悠悠。
三疊潭中飛瀑布，普陀古寺堪人留。

是打油詩之類的竹枝詞，也都是即興的。詩寫於一九四九年，第一首是父親的；二三兩首則是母親的和作。當年父親在港營商，母親從穗來港探望父親，他們同遊三潭普陀寺。從此荃灣的山山水水，便深深印在他們的心間了。雙親作此詩時我尚未出世，詩成三年之後我才走到這個世間來，翌年，母親辭世了。在我底記憶中，父親在母親去世後，也寫了一首詩：

一度思量一惘然，前塵如夢復如煙。
孤影相隨寒月伴，不堪回首話當年。

以後，父親就沒有再做詩了。但每次父親酒醉，總愛大聲朗誦母親的三潭普陀二詩的，所以我從小就對這兩首詩十分稔熟。在大學時，我頗好詩詞，詩總寫不出來。父親有時似乎顯得很是失望，總愛說：「學學媽媽吧！看！她的詩文多優美！」

大學剛畢業，父親棄養，懷着悽惋的心境，我屢屢於故篋中，檢讀父母親的手澤，看到三潭普陀詩，心中就有着一種難喻的感受。踏足在荃灣水庫的曲徑上，我更會默默地背誦着這幾首詩作。青山悠悠，綠水淼淼，麗印着的，是多少歲月的痕跡！

已經有好一段日子了，沒有在故篋中檢讀父母親的手澤，我自己也有點莫名的感覺，為何近年來的心緒，如此紊亂？工作又如此地壓得透不過氣來？青山古寺，老蘚蒼苔，變得印象模糊了，倒是夜闌人靜，黃卷青燈的情味愈來愈深，在難以成眠的夜裏，我是多麼的想念父母親啊！默默的星夜，我甚少有雅意去背誦雙親的詩了，卻不時下意識的默唸着父親在母親逝世後寫的幾行短章：

一個殘春的深夜，黑漆般的長空，鑲着幾顆半明半暗的寒星，還飄着紛紛淒迷的小雨，象徵一年容易又遇清明，但憶惜去年人渺，輾轉難寐，前塵影事，幕幕現在眼前，不知是幻是實？唉，人生如寄，無乃太認真！『天地乃萬物之逆旅，光陰乃百代之過客』，一切雲煙，夫復何言！

人生有盡，而情意無涯。回想生前的雙親喜愛以詩文互贈，與母親陰陽隔別後，父親仍愛以詩文抒抱，深意癡意，既芊綿，又溫馨。此種夫妻情、文字結，與今日庸碌的風絃苟合，相去實在太遠呢！

【**小賞**】懷依依深情，抒寫雙親生前以詩文唱和、互贈的往事，一方面帶出令人艷美的夫妻情，另一方面也體現作者思母憶父的真情。雙親冥冥之中能否知曉，多少年後，他們學有所成的小女兒夜不成眠，腦海中猶浮現着他們的前塵往事呢？

春暉

●黃維樑

下午這樣的陽光，實在舒服。我腦海響起了意大利的民歌《可愛的陽光》。真想找到一個青草地，停下汽車，赤足踏青，讓金光灑遍一身。我旋下了汽車的窗子，風進來了，和而不疾，溫度正好，是攝氏二十餘吧。

陽光的渾融的一大片，瀰漫了大地，樹木的綠色鑲了金邊、金環，立體公路橋成為希臘一樣黃金閃爍的建築。我隨手按掣，汽車的音響播出來的，就那末巧，是史特勞斯的《春之聲》。我照着旋律哼起來，右手在方向盤上打着拍子。我忘了正開汽車，汽車好像左搖右擺了一下。路上旁邊行車線的一輛汽車，和我的車並肩走了一會，然後略為加速超過了。駕駛者好像對我使個眼色。是位年輕的女士，開着寶馬，火紅色的。我得小心開車啊！

我真的感到高興，因為做了一件應該做的事，雖然是小事。完成了責任的那種快慰。我決定，而且終於來探望父親。是週末的下午，應該是休息的時候。然而，有多少應該休憩的時光，我都把自已鎖在書齋，張愛玲筆下的曹七巧。自困於金鎖。毛姆筆下的人物，鎖於人性。我自困於書之齋書之鎖。像薛西佛斯，推了石頭上山石頭又滾下來又推上山又滾下來，像他，案牘書刊文稿清了又堆起來清了又堆起來。勸君惜取「壯」年時。然而，壯年是難以壯士斷臂、難以拒絕成就事業、難以息交絕遊的悲壯歲月。終於，我決定向自己請假，告別書齋，去探望父親。好幾天沒有去看他了。

瘦，動作遲鈍。往往這刻鐘可以走動，下一刻就舉步維艱。有時候頭暈、心悶、肚子痛。患了多年柏金遜病的老人家，就是這樣子。三十年後，我可能也是這個樣子。除非中年即歿，很多人都要這樣經歷生命的秋天和冬天。頭髮枯乾如深秋疏落的蘆葦，臉部瘦癟如寒冬光禿起皺的樹幹。而難以打發的時光啊，彷如冬夜陰冷的長巷。而人多半都如此。老人的現在，就是我的將來。那是逃不了的，正如紛紜錯綜複雜的種種問題，我要面對，要解決，人人都是逃不了的。

人生下來就注定要面對種種問題。例如，古人要學會捕魚，而我們要學會不吃被污染的魚。例如，古人要學會把事物用簡單的符號記錄下來，而我們要學會不被波濤洶湧的印刷品墨浪淹溺。司馬遷「究天人之際，通古今之變」，卻未能發現一條解決所有問題的公式。湯因比的「挑戰回應」說，只說明世間挑戰千萬，而我們窮於回應。我們的回應，鞠躬盡瘁而後已，鞠躬盡瘁而後已，人從混沌中來，最後回到混沌中去。混沌，如冬之茫茫冷雪，如冬之暗暗長夜。

我和父親閒話家常。他牙齒不全，對我帶來的魚片粥卻吃得嘖嘖稱美。父親寫得一手好字，我說：「你的書法，我始終趕不上。」老人家笑了。父親問，用細小的聲音：「你最近又出了新書嗎？」不知道在我將來七老八十的時候，我女兒會不會也來看看羸弱的父親。

我告辭了，父親在一院子的陽光中看報紙。他的眼力和腦力仍然很管用。不知道陽光是甚麼時候灑進來的。我開車走了，《可愛的陽光》。今年的春天好像就以這樣的陽光，擊退了寒冷，興高采烈地來了。公路兩邊的樹，添了新綠。「池塘生春草」。這兒沒有池塘，但我卻聽到春草呱呱茁長的聲音。真是《春之聲》。我這時看不到紛紜複雜的問題，眼前不是冬夜的長巷，而是春日陽光的開豁公路。一群兒童列隊而走，蹦跳着，衣服在陽光中鮮紅嫩綠。我旋下窗子，扭大了《春之聲》的音量。我和萬物，欣欣然在風和陽光之中。

【小賞】記一次探父的情景，筆觸着墨雖不多，但自然穿插了許多人生的聯想和生動妙喻。因有「老人的現在，就是我的將來」的感悟，方能如此坦然瀟灑。頭尾對春日、春景的渲染，和作者的樂觀情緒抱擁，意味深長。

他和「春天」有個約會

●鄭炯堅

他幼時，母親每夜都在他榻前說故事，哄他安然含笑進入多彩的童話夢園……，也啟發了他日後對學問的熱愛。他母親可算是他幼年的家庭「導師」、由幼至長的「保姆」與臥病時的「護士」……。他母親逝世時，他將要中學會考，父親知他難過，曾勸他不要參考。但他想到母親的病逝間接由他促成：母親平日已有心臟病，因知兒子快要參考而患微恙，所以日夕擔憂，以致病況加劇，終因延誤醫治而辭世。他痛心劬勞未報，又負上「伯仁為我而死」之內疚，因此當他一康復便決心毅然繼續參考。他為了「紀念」（考取好成績以慰亡母）而「忘卻」（喪母之痛），以幼年由母親聽來的故事名句：「要哭，留待明天！」「不幸的人，沒有哭的資格！」及「盡人事而安天命」來自策自勵，去勇對現實，以求實現自我（展潛能、顯孝心）與超越自我（忍悲痛、求進步）。結果成績取得意外八優。

他自幼個性懦弱，尤其怕黑怕鬼。但自母親辭世後，他因思母而竟激發出一勇敢的想法與決心：「不論世間有鬼或無鬼都無須懼怕！若世間真有鬼，更是求之不得：如在黑暗中所見的鬼非我母，是小幸！因已能親知世間有鬼或有靈魂存在，得到珍貴的大知識、大秘密，同時也由此得知母親死後未必化為烏有而可稍告安慰；如所見的鬼正是我母，則除得小幸外，尚可與慈母重敘天倫之樂，是大幸！」他的孝思刺激他勇闖新希望，戒掉陋習、懦弱變堅強。其後，他更深信：可藉強烈孝心，改變性格、提升智慧！

他是獨子，自母親辭世後，他與父親相依為命。有好幾次，他父親厚着面皮、四出奔走請托人事，為他謀求較好的學校及工作，但他父親多次疲憊地歸家，都有「世事莫如求人難」之歎。他父親每次買了食品返家，都不肯一人獨嘗，常常拿起一些食品催促正在埋頭閱讀或工作的兒子早點吃，有時催促得太多，反令他不耐煩地發起小脾氣或隨口說出一些令他父親難過的話，他事後雖懊悔辜負了父親，但他是個孝心不孝口的人，明知如果肯向父親道歉一聲，父親不但會原諒他，並且父親內心也會感到安慰溫馨，可惜他始終都不肯開口。他常心想：「現在我正忙於半工讀，待他日學業、事業有成，再報父恩！」豈知「明日復明日」，他的「寸草心」尚未找到報答「三春暉」的時機，他的父親卻在他卅歲時因舊病復發，遽然而逝。他兩次都劬勞未報，現在才覺悟：孝親應依良知想到就立刻去做，有多少能力就做多少，但求問心無愧。拖延與等待，只能做一個「樹欲靜而風不息」的追悔莫及的「孝子」！

同時，他對「哭」與「思」亡父亡母，發現了「兩難」：如「哭」得痛不欲生，則有傷父母在天之靈之愛子女之心；如「不哭」，則有傷父母希子女愛自己之心。如「思」父母而帶孝情，則會因悲傷而有損身心；如「不思」，雖可逃避悲傷，但「死者若不埋在活人心中，那就是真正的死法」（魯迅語），父母非名人，做子女也不思父母，尚有誰會去思？「不思」如何對得起父母？

後來，他想到要和春天有個約會。「春天」象徵創生、補償（如草枯再綠）、積極、自強不息、新希望……所謂「約會」是象徵要永保春天心境：對父母之「哭」與「思」都須節哀順變，並要立志力爭上游，以求做到無忝父母所生來彌補自己未及盡孝之遺憾，及以成就安慰父母在天之靈！

【小賞】用第三人稱，卻不妨當「我」視之。文中母親為兒子學有所成牽腸掛肚（甚至為此而病），父親為兒子謀得一職而四出奔走，均使人感慨感動。作者為此而發表的議論，充滿智慧和哲理，佳句疊出，積極動人。

給玉英的信

●子勉

孩子：

今天聽到你講出真相，可以說替你抹一把汗，怕的是你會太傷感而打亂了你平日的生活秩序。家庭的突變當然會令人難過，你別再隱藏內心的惶恐不安，一切的事情都得切實地面對。

三年前，我也經歷了天倫的驟變，母親在農曆新年剛度過了，就因為哮喘病發，就此結束了她衰弱多病的風燭殘年；不久，父親檢查身體，也發現得了末期癌症，去世的日子離母親的不過半年。

母親病發前幾天曾問我：「是不是得了獎學金哪？得了多好，不愁學費，媽替你高興。」當時因為沒有確定獎金發得發不得，只好淡淡地回了一句：「有這樣的事嗎？」幾天後，我的獎學金批核了；正想告訴她：「媽，我真的發獎學金了！」可是當天她卻在家裏咽下最後一口氣，身旁侍立的只有父親和哥哥，趕送醫院，搶救了個把鐘頭。我們一到病院，只看到大夫跟哥哥搖頭，交代了幾句，就讓我們到病牀看看母親。姐姐、妹妹和我趕趟兒跑到母親遺體跟前守候、哭泣、撫摸她的臉和身軀，仍然是暖和的，面孔安詳如同入睡，根本使我們無法接受母親已經離我們而去了。

母親的後事辦過，傷口撫平了，平日嚴肅的父親卻又傳來癌症的消息。他反而笑容可掬、親切地問我畢業禮的日子，一改平常兇巴巴的神態。註定他是無法出席的了。父親七月去世，到十一月我才舉行大專的畢業禮。典禮那天，哥哥感慨地落淚了，這樣一來，我也想起了向來板着臉常愛罵人的父親怎樣親切地叮嚀、問候，心裏說不出的難過、不安。

為甚麼我要告訴你這許多不幸的事情？我就是要你明白：今日老師能夠堅強的生活下去，從哭喪的臉回復到爽朗的笑臉，主要是因為已經接受了那許許多多的打擊；不再逃避。我還沒跟你說，剛畢業我就面對雙親去世，也面臨失業困擾，還有……那些禍不單行的事，夠我心酸呢！所以特意提點你，內心痛苦，臉上卻老裝着笑容，並非解憂的良方妙法，當然只是顧影自憐也不是方法。

玉兒，你日漸懂事了，父母的離異對你當然是有生以來最大的打擊，我當然明瞭你的不安和恐懼：一方面是難以置信，一方面是怕別人知道，自己難以面對。你甚麼怪念頭也別想，最要緊的是你的健康，不論是身體的或者心理的，一旦患病，就會影響你日常的生活。

在夢中，我見到父母親笑得很甜，醒來還嫌那夢太短呢！也罷，永遠回頭想恐怕我也要哭了。到如今，父母親的愛和笑容卻能永遠存在照片上和印記在我們的心頭。

孩子，生活很難永遠都是風平浪靜的，能經得起風霜，才能面對未來種種的考驗。你必須振作，把激情融入學業上。願你能有美好的前程，光輝的明天。今天的立志，加上不斷的奮發向上，足以鑄造出未來的精鋼。祝你能夠經得起磨煉，戰勝黑暗，邁向光明。

老師手啟

［後記］謹以本文紀念先父先慈。並詩《雙親忌辰三週年》為識：

紅塵黯黯漫天風，最是鳥啼夜半鐘。

招鬼三聲懷幽噎，埋骨九泉念音容。

【小賞】剛畢業就面對雙親接連去世，也面臨失業，這確是人間最大悲情，幸作者能承受打擊堅強活着。更難能可貴的是將悲歡體驗以書信寫給面臨打擊的孩子，盼他振作，「把激情融入學業中。」

星夜的追思

●呂志剛

父親從來沒有跟我促膝長談。也許中國人感情的表達來得含蓄。有關他的印象，都是來自共同的生活經歷、互相的期許和盼望。

未滿三歲時，我在他的肚皮上蹦蹦跳跳，母親嚷着說：「你已經長大了，小心把父親的肚皮跳破。」父親是個樂觀的大胖子，只會任我繼續蹦跳。

五歲時，我已經是三個妹妹的兄長了。每逢星期六，父親總會把一份星島晚報塞給我，我識趣地跑到工廠門外：稍後他便會帶我去看公餘場，還記得那家古老的百老匯大戲院嗎？跟父親的一點「默契」。料不到也是回憶的一部分。

等到我略為懂事時，母親便給我講述父親的過去，他是我心目中的英雄。可不是嗎？他在漫天烽火的上海長大，十三歲時，因逃避日軍之大轟炸，便開始上他那半生流徙飄泊的旅程。到處隨師學藝，這些年來，他的足跡遍及半個南中國。

當年他在湖南。在市集上碰見一群人吵作一團，南腔北調，沒完沒了，父親見義勇為，毅然擔當了翻譯和調解員的角色，結束了這場強買強賣的紛爭。原來涉事者為梁蘇記的第二代傳人。父親亦因此而獲聘用為一家磅廠的負責人。好一段傳奇式的夥伴關係。稍後，從湖南到廣州、從廣州遷到香港。父親結婚時，更獲該家族送出一家遮骨加工廠作為賀禮，從此，開展了他的事業。家父見聞廣博，識見卓越，處處受人敬重，他教導我的話雖只有三言兩語，但他的身教卻影響我至今。

父親為免永遠受制於人，便轉型生產塑膠玩具，以出口外銷為主，後來知道澳門享有關稅優惠，便在我十歲那年，舉家遷往澳門，憑着他的毅力、幹勁，三兩年間，便紮好根基、後來因同業競爭導致利潤下降，便轉而生產那些大型旅行衣箱。他從來未有接受過正規教育，但卻憑自學而練就了一套五金及鑄模技術，還懂得維修那些無線電高頻加熱機。

從十二歲開始，我的課餘生活全在工廠中度過，由幫閒的雜務到後來成為鐵牀的「小師傅」。這段日子，反而成為我和父親相處的黃金歲月。我喜歡接受父親交給我的任何工作，完成任務後，期望父親一個嘉許的眼神。不着意的交流或點頭之後，便成為繼續工作的原動力。生意興旺時，可能要加班至深夜，不知多少日子，我伴着那些等待付運的木箱讀書和準備考試。那氣味——防水紙的油墨混和了木箱原始的幽香。至今還是記憶猶新，倍感親切，畢竟，那是我和父親共同生活的日子，一段不易磨滅的回憶。

我在浸會學院求學時，有幸伴着他度過最後的旅程。他終於回到上海，與闊別四十多年的家人團聚，就在回程的火車上，他中了風，隨後在廣州的一家醫院裏辭世。我便和母親及兩名年幼的弟弟，一同背負着他的骨灰回到澳門。

往後的一年，我暫時休學回家。處理一切善後工作，我守在工廠裏，有如一段丁憂的追思，我翻閱他的文件、手跡，從他的朋友、同業口中，知道他更多的一點一滴。這一年，我經歷了生活上最大的考驗，也承受了不易為人道的生活壓力。在困境中我曾經對他發出這樣的呼喚：「父親，我巴不得你沒有因中風而死去。你可以坐在輪椅上為我指點迷津。」

這使我記起《獅子王》的一幕場景，小獅子仰望漆黑的夜空，發現在極遠的天際，出現了父親的音容。

【小賞】回憶和父親共同生活的情景，充滿懷念之情。對於父親的辭世，有着無限的惋惜，因為作者在困境中，希望父親「可以坐在輪椅上為我指點迷津」，這是何等真摯的感情！

十年憶亡父

●秀實

父親逝世轉眼便已十年，驀然回首，驚覺自己仍在這個俗世之中，輪轉流離，真叫人興起對生命無常而又有漏的慨嘆。

對我來說，父親的過世無疑是太早了。父親生於一九一九年，死於一九八五年，僅度過六十多個寒暑，以現今的人壽來說，確實是太短。況且，父親早年因持家而勞碌奔波，從未享過退休的清福。他草草一生，都為兒女籌謀，晚境堪憐，叫我痛心無言。

實在的說，我對父親的事了解不多。年幼無知的日子不說，到我升讀中學時，因為家中風氣的保守。父母和子女間的溝通是很不足夠的。和父親話談得較多。是我唸預科的一年。上課前父親會和我到上海街雲來酒樓喝半個小時的早茶，然後父親乘公共小巴到荃灣上課，我步行到何文田上學。因受父親的影響，我酷愛宋詞，常藉這個機會向父親討教宋詞中的名句。父子一邊品六安、啖「春卷」，一邊談宋詞，情景猶歷歷在目。

待我到台灣升學，父子的關係因兩地相隔又疏遠起來。我學成歸來約莫三年左右，父親終於退休。那時我正在戀愛，和父親交談的機會也不多。許多時候，我祇能注視着房間內父親彎曲的身影，父親也祇是默默的看着忙碌中的我。父子雖共處一室，卻甚少交談。現在想來，祇恨自己是一個思想遲熟的人，未能先和父親好好相處一段日子，才安排自己的道路。到父親謝世，一切悔之已晚。「樹欲靜而風不息」，遺憾無法彌補，這種悲痛不足言道。

退休後父親的身體明顯的孱弱。記憶中，父親左肩筋肌疼痛已有十多年。家中因為貧窮，不重視小病。他幸得好友的料理，才捱過這幾年。後來父親身體更弱，終於發現患上癌症。自此，可憐的父親便踏入晚年的噩運中。

父親不喜求人，縱然對子女也如此。晚年家境貧困，又罹惡疾，生活並不好過，我結婚後搬離老家，父子見面的時候很少。偶爾我回旺角老家探望父親。父親總是隱瞞不幸的實情，親切和我說話。父親逝世前兩年，多次進出醫院。我因忙於私事，對父親的疾病，有時甚至顯得不耐煩。父親辭世前，健康有過十多日的迴光反照。父親返回狹窄的蝸居，曾坐在破舊的沙發上對我說：「我多希望如以往一樣坐在這裏，一切像平常一般。」但現實對一個老人卻是殘酷的，父親終於在醫院逝世。那是在深夜的五時左右，父親在雪白的病牀上吃力的舉起右手拍打被褥，叫醒疲倦不堪的我。然後辛苦的吐出一句話，便溘然長逝了。

父親是一介寒士，一生不涉官場和商場，沒有官欺商詐的陋習，祇有讀書人的耿直和執着。對官療和權力的痛恨，這點我和父親是相同的。早年我在父親任教的小學內讀書，在校舍的三樓梯間曾目睹父親和上司執拗。父親因為與人無爭，又能以誠待人，認識了不少知交，後來在友人的襄助下，終於離開了這所教會主辦的小學。轉到荃灣津中內任教，直至退休。父親有許多基督教的朋友，也因此看清了教會組織的真面目。父親有讀書人路見不平的「朋友之義」。他常義憤填膺地說：「教會內多的是神棍，他們假神的名義行不義之事。」

父親對我有極深的感情，他身體衰弱至不能握筆時，仍為我的詩集題字。在父親的晚年，我得一子。父親有了嫡孫，這算是對他老懷的一個安慰吧！

【小賞】調子深沉樸實，在欽仰父親正直品德的同時，也流露作者自己在父親生前與之交流太少的悔意，寫得誠懇。天下的父親泰半扮演沉默的角色，未知是否生活壓力所致，抑或屬於男人本色？而我們又常常因「忙」疏忽共處一室的親人，韶華易逝，悔之已晚。

怎麼不刻進記憶裏

●松木

十一時剛過去，是「包租婆」規定的關燈時間。熄掉二十五「火」電燈泡，點亮了火水燈，小房間閃爍在昏黃的溫暖裏。

剛滿一歲的小啤啤，腰間圍着孭帶的一端，爬向雙人板牀的邊緣，要伸手抓女子一把，卻給繫在牀沿的孭帶的另一端扯着，困在牀邊，伊呀着「媽媽」。女子笑了。一天業務之後，靠着小桌子，溫柔地享受這光景。她年青、端莊、濃濃的髮鬢束到秀麗的臉龐後面。還未嘗到提攜四個兒女之後的勞累，還未有貧血體虛之後的經常暈眩。

快十二時，男人終於回來了。擲下油膩膩的紙袋，坐到牀邊，逗得啤啤瞇着眼裂開無牙的嘴。啤啤要搔男人的髫鬚，癢癢的偏不肯放棄。女人打開牆邊的小櫃，取出筷子。兩個人湊着頭吃起紙包裏的炒粉麵來，不時避開啤啤的捕捉，把小粉條送到他的嘴裏去，看他興奮得一口唾沫。每晚這個時刻，男人經過一整天的收銀工作，帶回茶樓夥計吃剩的「宵夜」，一家人便沉醉在幸福裏。他中年了，清癯的臉依然俊朗，微弓的背下腰依然挺，笑時合不攏的嘴露出的牙齒還是真的。讀報還不用戴眼鏡，濃密的頭髮還未半禿成斑白。

小啤啤，你該瞪着眼看清楚。你的父母那時還年青，還浸在愛情的溫馨裏，對生活充滿憧憬，對兒子充滿期許。你的父母還未被歲月趨老，未被生涯磨蝕！他們還未被血管栓塞、或者直腸癌磨折着生命的最後日子。孩子，怎麼你就不能把那美好的光景刻進記憶裏永不磨滅，而要在長大之後，父母都離去了，才構想出這一切……

【**小賞**】以精煉之筆描繪了一家大小其樂融融的溫馨畫面。文中父母尚年青，對生活充滿憧憬，作者希望孩子將這些情景「刻進記憶裏」，意味頗為深長。

遺產

●非林

我生長在有土地、有書香的家庭。父親亦士亦農，穿起長衫，走進學堂，是個夫子的面孔；脫掉長衫，走向田間，是個農人的模樣。母親是個目不識丁的農婦，日出而作，日入而息。戽水、除草、收割、打場，樣樣農活拿得起來，比「半邊天」還要「半邊天」。

父親和母親用自己勞動的血汗蓋了三大間樓房，又置了六畝洲地、二十五畝二分水田，過着溫飽的日子。後來，父親英年早逝，母親怕家道中落，更加拚命地勞動，忙完菜園子，做完家務，又急忙奔向稻田、洲地，用汗水哺育豐收。母親知慳識儉，一分錢要掰成兩半花，一塊碎布要留住當補釘，路上拾到一根枯樹枝要拿回家當柴火，一粒飯掉到地上要撿起來送進嘴裏，豆油燈裏多放一根燈心草都覺得心疼……後來，母親又用多年的積蓄買了六畝水田，十畝洲地。

大地的誘惑，苦煞母親的一生；

土地的沉重，壓彎母親的脊背。

小時候，總想把母親從勞苦中解救出來。有一年，我從南京回鄉度暑假，勸母親摒棄陳腐觀念，把目光伸延得更遠；拽住母親的衣角，要母親賣掉土地、房產，搬到石頭城裏去。哥哥聽了拍手叫好，母親卻罵我們小孩子不懂事，依然守住祖宗，守住土地，不肯告別鄉村。

革命一聲炮響，農村鬧得天翻地覆，搞了「土地還家」，又搞了「公有制」，母親的土地分掉了，家中厚實實的樓板撬走了，就連兩扇沉甸甸的大門也卸走了。母親一下子變得一無所有，頭上還戴着承受巨大苦難的「帽子」。

在缺吃少穿的歲月，母親的生命一天一天地走向枯萎；在沒有人性的年代，母親艱難地走完她的生命路程。

因為有土地，母親受盡人間屈辱；

因為有土地，母親喪失生的權利。

母親走了，倘有靈魂，她也許徜徉在曾經耕作過的土地，聞稻花噴香，看麥浪滾滾……否，否。母親飽受苦難的折磨，早已看淡了土地，悔恨過去走錯了路。

母親走了，沒有帶走一片雲彩，也沒有給我留下一個銅板、一寸土地，一方水塘、一片瓦礫……不，不。母親給我留下不能用統計學來顯示的、比土地還要貴重的遺產。

遺產一：吃苦耐勞的精神。

這個世界風風雨雨，太多苦難。一個人沒有吃苦耐勞的精神，生命怎能扎根，攀登更高的層次。有了母親的精神，我走出三年災害時期生活的峽谷，度過十年「文革」荒唐的歲月；有了母親的精神，我挨過三年安身立命艱難的日子，而且一步一個腳印地走進香港的文壇。

遺產二：勤儉節約的美德。

這個世界物慾橫流，太多浪費。現代人拚命地追求文明，貪圖享受。我有母親的美德，一貫清貧自守，不追潮流，不趕時髦；我有母親的美德，堅持物盡其用，不揮霍，不奢侈。今日的時代，節約屬於環保意識，浪費一滴水，一度電、一粒米、一張紙……都是破壞環境。節約就是環保，保護地球是我神聖的天職。

感謝母親給我留下寶貴的誰也搶不走的遺產。

【小賞】土地養活了人，最後也敞開無限懷抱成為人的歸宿。人和土地的生死戀情，比任何感情還來得深刻，一切災難、收穫、幸福都源於這種相依相附的關係。今日的青少年恐怕已不易理解作者在本文驚心動魄的演繹了。土地既然曾是負累，遺產便化為無形；精神的承繼，任何暴力都搶不走！

深明大義的母親

●周淑娟

在我臥室的牆上，掛着一幀用黑邊鏡框鑲嵌的淡彩色半身大照片，鵝蛋形的臉龐，齊耳的短髮，微微的笑容，慈祥的眼神，總是那麼關切地望着我，彷彿有千言萬語要對我說，這就是母親——陳麗瓊的遺像。

看到母親的遺像，就很自然地把思路帶回往昔的日子。在那天真爛漫的孩童時代，母親是我的啟蒙老師，教我「描紅」，寫「上大人，孔乙己……」，教我讀《三字經》、《顏氏家訓》，唱兒歌——「月光光，照見妲己伴紂王……」。有時也唱當時的流行歌曲，「蘇武牧羊」是媽媽最愛唱的；白居易的《瑟琶行》、李密的《陳情表》、文天祥的《正氣歌》是我從母親口中經常聽到的（外婆因沒有兒子，所以把媽媽送入學堂讀書），母親還教我《尺牘》。我還記得讀小學二年級時，在母親的教導下，就因能寫信給父親而受到親友的稱讚。

母親在閒暇時愛看書，尤其是當時流行的小說，如《薛仁貴征東》、《薛丁山征西》、《三國演義》等。現在回想起來，自己從小愛看書，專心向學，和母親的影響與教導實在是有着甚為密切的關係。

漸漸長大以後，母親給我印象最深刻的是重和睦、善忍讓、對己儉、對人厚的品德。這也是媽媽最得親友讚許的。

媽媽很懂「忍得一時之氣，免得百日之憂」、「得忍且忍，得耐且耐；不忍不耐，小事變大」的道理。在自己懂事以來的幾十年歲月中，在周家這個大家庭裏，媽媽在婆媳關係、妯娌關係、姑嫂關係、親戚關係以至鄰居關係中，從沒與任何人爭吵，很能忍讓，也為此而得到「脾氣好」、「識大體」的讚譽。

媽媽很省儉，但待客卻很厚道。我記得她常對我們說的一句話是：「省自己的，不要省客人的。」所以每當有親戚朋友來訪時，母親總是盛情接待，寧願自己平時省吃儉用。因此，親友常讚母親待人厚道。

最令我畢生難忘、永遠銘感於心的，是母親支持我上大學。在五十年代，香港的大學甚少，女孩子上大學的更是少之又少的社會環境中；在父親極力反對，聲言斷絕經濟供給的家庭情況下，最疼愛我的母親暗中支持我，實現了我回國內讀大學的願望。儘管母親因我的離開備受父親的責備，儘管在很長的一段時間裏，每餐擺開碗筷不見女兒就淚如雨下，但媽媽把一切痛苦都承受下來了。在大學四年的生活中，父親在經濟上真的沒給我任何接濟，對母親的家用錢也剋扣得很緊，但母親還是省吃省穿地幫補我，終於使我完成了大學學業。

大學畢業後即從事教育工作，迄今三十多年，靜心思之。如果沒有母親當年的言傳身教，沒有母親的大力支持，我就不可能數十年如一日地為教育事業貢獻自己的綿力。

我永遠感謝母親幫我實現讀大學的願望。永遠感謝母親使我有立足社會的能力，使我擺脫了像母親那一代婦女依賴丈夫生活而忍氣吞聲的處境。但我也總為曾經增加母親的受責備和思念痛苦而深感難受和不安。真如古詩所云：「誰言寸草心，報得三春暉」啊！

母親，女兒永遠不會忘記您，您永遠活在女兒心中！衷心祝願您在另一個世界裏永遠快樂吧！

【小賞】每個人的學識、受教育程度固然主要靠自己，但和父母的識見亦甚有關係。本文即刻劃了一位富有遠見、甘忍離情別緒和受盡委屈的母親，如何憑自己之力助女兒學成。這是一種感人的犧牲精神，令人肅然起敬。

兩隻戒指

●周遊

我有兩隻戒指，上面都刻上我的名字，可以用作印章，但一隻是朱文的，一隻是白文的。每次看見這兩隻戒指，都勾起我一件童年往事，那是三嬸後來告訴我的。

孩童時候，每當農曆新年，都領到不少長輩的紅封包。當年不時興儲蓄，有餘錢就會買些金器，於是我有了第一隻朱文戒指。

那時爸爸在港經商，我和媽媽住在近大路的小房子，祖母和三嬸住在附近的祖屋。雖然早已分家，但祖母仍是一家之主，上上下下，誰也不敢拂逆她的意思。我是長子嫡孫，也是祖母的命根兒，所以屬於我的一切，祖母都要過問的。自然，我那隻用自己紅封包買的戒指，她不可能不知道，並且說要替我保管好。

母親是個舊式的女性，有着一切中國婦女的傳統美德。由於讀書不少，對人總是謙恭有禮。她在我十歲時逝世，當時只有四十歲。幾十年後，村裏的幾個貧傭農每次見到我，都唏噓歎息：「你的母親是村裏最有教養的女性，她從不大聲講話。我們這些被人看不起的小人物，她總是『相公』前『相公』後的稱呼。唉，真是難得！」

對於祖母，母親更是千依百順的了。雖然我是獨子，但母親從不縱容我，遇到犯錯，總少不了皮肉受苦。而且每次打我，都要我自己送上藤條；教訓過後，要向每一個在座的長輩斟茶認錯。不過，祖母始終是我的「大救星」，遇有嚴重的情況，只要大聲痛哭，祖母總會及時來「解圍」。

我那隻白文戒指又是怎樣來的呢？這原來有段故事：祖母替我保管的那隻戒指，過得一年半載，竟不知塞到那裏去。有一天，祖母突然提出，問母親要那隻戒指來看看，母親說已交了她老人家保管，祖母卻說沒有。牽纏了一會，祖母哭哭啼啼地說母親也許把它變賣了，甚至隱隱暗示母親變了錢照顧外家。

母親也哭起來了。但仍不敢反駁，說：「我仔細找找，相信不會遺失的。」

過後，她馬上到鎮上再定了一隻同一重量的戒指，上面當然也刻有我的名字。可是在戒指還未到手的那幾天，媽媽總是好言慰解祖母，說一時事忙，還未找到，說「阿公落井，終須在井」，請她放心。祖母自然是嚕囌不滿。

新戒指拿回來了，母親雙手奉上給祖母，說：「找到了！我一時不小心，滑進抽屜底去了。」祖母這才寬解下來，但仍不住地說：「對嘛，我是不會記錯的，虧你還冤枉我！」母親聽了，當然陪着笑臉，連連道歉！

自此，戒指就由祖母保管起來。

轉眼過了兩個月。有一天，祖母扛着手杖來到我家，滿臉尷尬的掏出兩個小首飾盒子，說：「怎麼會有兩隻的？那隻戒指，原來真的在我處。」

事情明白之後，她決定把兩隻戒指交還給母親替我保管。

從此，我有兩隻可以用作印章的戒指，但細看之下，那隻匆忙趕造的，竟是白文的，幸而當初祖母沒有發覺，否則又掀起另一場風波了。

註：朱文，就是印出來文字線條是紅色的；白文，印出來的字呈白色。

【小賞】通過一件小故事，刻劃母親與世無爭忍辱負重的性格，令人感慨。舊式中國婦女，身上有不少傳統美德，被扭曲和利用，釀成許多悲劇。本文所提供的故事，發人省醒；今日的現代女性，強者不讓鬚眉，已屬另一種故事。

給爸爸的信

●周端兒

親愛的爸爸：

您好！爸爸，你的愛蓮新邨大計如何？仍在為籌措資金而傷神嗎？我們雖時刻相見，但您可知我有許多心底話要跟您說呢？正值一年之首，當我回首過往，神所賜的恩典委實數不清，當中有許多難忘的往事，亦有許多難忘的人物，都為我的生命增添了不少色彩；而影響我最深遠的人物，卻莫過於您和媽倆。

我們的家是個典型的中國傳統式家庭，祖父輩均知書識禮，執掌教育工作。爸爸你是個嚴父，你學中醫、習中文，並寫得一手好詩文。從小我就很敬仰你，猶記得小時候，母親和我們四姊弟均很畏懼你，因為你既嚴肅又聲洪，你一開口，便成為我們的命令，不敢越雷池半步，更遑論反駁了。你又可知道許多時候我是不敢正眼望你的！至今仍不減當年呢！然而畏懼之餘，我卻很崇敬你；從你身上，我學習了許多做人處世的道理；潛移默化下，我不期然的又跟隨你走上國文教師的道路。而最難忘的是兒時你教導我們姊弟唸唐詩和說歷史故事，我們都聽得津津有味：范蠡教子的故事仍在眼前，我還愛引它為教材呢！

父親呀！你不只影響了我的愛好和事業，你的為人處世之道亦深深影響着我們。不是嗎！在戰後窮困的境況下，你並沒有功利地鑽營；反之你興辦學校，收取低廉的學費，教育後輩。你不只是我們的好父親，還是一個好校長、好上司；教職員、學生、校役，甚而伙頭，工人，在你的領導下，均如沐春風，品德學業日進，備受照顧。不是嗎？學生交不到學費，你不但沒迫令他們退學，你反安慰他們要勤力讀書出人頭地。然而，沒收入又哪來錢支付教職員的工資呢？你和媽竟不惜典當，少吃儉用來支薪；這種犧牲小我的精神實在難得。怪不得時至今日，相隔數十年，當你走到街上或在茶樓酒館，甚至海外，均不時有聽聽似陌生卻又親切的聲音，叫道「周校長」呢！這份榮譽，是實至名歸，是你配稱的！你這樂善好施的精神卻又不止於辦學；在工餘你又不忘所學，濟世行醫，在校內贈醫施藥，妙手回春，為街坊父老所稱頌。小時，我雖怕吃你開的良藥，今天我卻欣賞中醫的歧黃妙術；你可知我珍藏了不少你開的藥方呢！

不能不談的是父親你那份對祖宗的崇敬，慎終追遠的美德，充分在你的身上發揚光大。爸你白手興家，勤儉積得小富，便不忘回鄉建樹。興辦學校，建安老居所等。你那份鍥而不捨。此志不渝的心懷，令人佩服之餘，卻並非全為人諒解，我不禁暗為你慨嘆知音何在？

此外，爸你更是引領我歸信上主，使我不至行走死蔭幽谷的關鍵人物，不是你自小帶領我返教會，讓我有機會親炙基督博大無私的精神，或許我仍是個行屍走肉呢！

父親，你對我的影響實在深遠，不止我身上流着的血跟你是同屬一種血型，外貌上我也酷似你的面容；甚至連最小的尾指也跟你長得一樣的向內彎曲，而它竟成了我們相通的標誌！

爸爸，我要再三感謝您，是你和媽使我長大成人，是你給我接受高等教育的機會，是你賜給我最寶貴的財富，使我一生受用！養子方知父母恩，在此我要向你和媽說聲——爸爸媽媽，感謝您們！並願神祝福您倆身體康泰！

女兒 端兒敬上

【小賞】通過本文，我們當可以清楚，父親的一生事業、思想、為人如何深刻地影響着子女的愛好和事業！為人父者，能不注意身教重於言教？本文以崇敬欽佩的心情讚美父親，字裏行間也充滿了一種自豪感。

母親的贈予

●孫觀琳

「母親的光輝／好像燦爛的陽光／永遠地，永遠地／照亮我的心。」

在我心情愉悅時，常不經意地哼起這首古老的歌，優美的旋律輕輕撥動着我的心弦，一切煩憂離我遠去，我彷彿又投入母親溫馨的懷裏。

我十七歲離開寧市到上海讀大學，畢業後南來香江，和母親聚少離多，但母親的吸力，令我魂牽夢縈。假如我是那飄泊的孤帆，母親便是那幸福的彼岸，讓我迷失時，能找到方向。

在我消極失落時，想起母親在風嘯雨注中傲立，她說：「事不求人品自高」，面對人生難題，她總是努力去解決，換來人性的尊嚴。

我的堅強來自母親呵！她的贈予令我永感豐足。

在我居港的第一個十年裏，（一九六二——一九七一）是有家歸不得的日子，母親常在我思鄉的夢裏。

一九七二年，我首次回寧市，坐在三輪車上直抵家門。

母親把我迎進她剛遷入的陋室，我撲向母親，相擁而泣。待我坐定，環顧四壁，竟找不到一點熟悉的東西。無情的歲月之流，早把一切沖洗殆盡。

我努力尋覓兒時快樂的記憶：對了，我最喜歡和小伙伴一同來坐馬車，從南門大街直達玄武門，聽馬蹄得得散落在柏油路上，我們都穿着鮮艷的花裙，有說有笑，就像過節一樣。

也許我本愛虛榮，也曾幻想過衣錦還鄉的快樂。現在面對母親憔悴的面容，刻骨銘心，令我愧疚難安。

在那苦難的歲月，我坐在三輪車上，簡直是「招搖過市」呵！在我告訴母親在南門大街，遇見美貞孃孃的時候，我依稀記得母親那薄責的眼光。

當車夫用力踩着輪子過橋時，一位衣衫襤褸的婦人追着車叫喚。

「琳啊！琳啊！」她奮不顧身地朝我奔來，引來無數途人的目光。我回首仔細辨認，雖說聲音熟悉，一時認不出她是誰。

「我是美貞孃孃啊！你不認得我啦？我知道你要回來……」說時，她的熱淚早化作傾盆大雨。

美貞孃孃是我家近鄰，她既斯文又漂亮，小時候我最愛去她家串門，她總給我遞來好吃的食物。現在下放到農村，難以適應艱苦的環境，苦不堪言。她又黑又瘦，蒼老了許多。

每次進城，她都來母親處歇足，母親總是省吃儉用，來照顧別人，她待人的誠摯令她永不孤獨。

晚上，母親特意買回些桂花鴨，家鄉的鴨味道特別鮮美，常令我回味。而今見美貞孃孃狼吞虎嚥般吃着，恨不能連骨頭也嚼碎吞下，我品嘗的似乎再不是鴨的美味，而是一份透心的悲涼了。再看看母親，她也老了，兩鬢添了不少白髮。

她不停寬慰着美貞孃孃，一面還安慰我說：「你在外辛苦，要顧住身體，不必為我擔心。別嫌這屋子小，『屋寬不如心寬』，我不缺甚麼，生活得挺好的呀！」

這就是我的母親，她把一切悲苦置之度外，並同情更不幸的人，「人能知足心常樂」，她常這樣說。

有時，我坐在寬敞的屋室，無端撩起閒愁，母親的話就成了「靈丹妙藥」

【小賞】「事不求人品自高」、「屋寬不如心寬」、「人能知足心常樂」……都是母親可貴的贈予。這些贈予憑依了母親大半生的經驗積累，是我們應該繼承的無形處事財富。精神、品格的贈予比金錢更重要，畢竟前者無價，無法購得。

父親愛與恨

●郭佩荷

每當談及父親，我又陷入苦思之中——他的行事為人，已從我大腦記憶庫中淡出；他的音容，也顯得模糊。說句實話，父親在我的心目中，並不佔着重要的地位，因為，他是一個徹頭徹尾的失敗父親。

老爸、老媽是盲婚結合，媽媽為了逃避這段不愉快的婚姻，隻身跑到香港來；然而爸爸又追到此地。小時候，爸媽時常爭吵，我看不到他們之間有愛存在，反之，我深深感受到他們彼此怨恨着：媽媽埋怨爸爸「爛賭」、「不顧家」：爸爸不滿媽媽「長氣」、「嚕嗦」。為人子女的，都站在媽媽的陣線，兄弟姊妹也不滿爸爸的所作所為，對他也不太理睬。可能是我的學業成績比較優秀，爸爸着實也蠻疼我的，常常帶我去「飲早茶」。儘管他對我不錯，我也覺得他不是一個「好爸爸」。——特別是看到媽媽垂淚的時候。

有兩個片段到今天仍不能忘記：有一次，爸爸輸了賭本，回家二話不說，便把我們儲零用錢的小瓦錢箱，從牀底找出來，然後狠狠的把它們打破，一毛錢也不放過——繼續「搏殺」。另一次，媽媽實在受不了，決定「離家出走」，無知的我還在鄰居家中玩耍，眼巴巴的看着她離開。過了一天，兄姊帶我去屯門，哀求她回家。然而爸爸還是無動於衷。

吵吵鬧鬧又幾年，爸爸常常生病，呆在家裏不工作，媽媽只好拚命賺錢，那時候，工業發達，媽媽常常超時工作。後來醫生證實爸爸患了肺癌，壽命只剩下半年。這一個消息，使家人更變得相對無言。每天爸爸都在家裏呆坐，我很是害怕，所以我每天下課後都把課外活動排得滿滿，我要逃避我的爸爸和他的蒼白病容。那個年代，醫療設備不太好，每天我要陪爸爸從荃灣跑到依利沙伯醫院接受電療。我開始覺得，他也是一個可憐人。他雖然沒有提供一個溫暖的家給孩子，但是他也沒有享過一丁點「兒女福」啊！

眼前的他日漸衰弱，終於在發現癌症後兩個月，他離開了。我們的家，從此少了一個「爛賭」的爸爸。

這麼多年以來，我對他的怨恨已越來越少，因為我發現「愛」的重要性及「恨」的超級破壞力。我從來沒有深究過爸爸為甚麼深深沉迷賭博，是他的劣根性？還是他地盤工作無聊，視賭博為一種發洩？在他患肺癌之前，我從來沒有聆聽過他的話，也沒有認真的體會他的需要，我是不是也有份拆毀這個家呢？

幸好，我仍有一丁點兒「愛」，我沒有賺大錢，但我盡力學習去關心我的家人，特別是我的媽媽。我常常提議搞些戶外活動，使家人能互相維繫。就是這些微的「愛」，提醒我一個事實：我沒有選擇父母的權利，但我有絕對的自由意志去建立一個和諧的家庭，也有絕對的權利去拆毀自己的家庭。再想深一層：人生在世數十寒暑。不是要面對自己的父母，便是要作為別人的父母，今日我怎樣待我的父母，他日我的子女便會怎樣待我。更重要的是，如果家人之間充滿着仇恨，這是人世間最大的悲哀，完全違背了造物主的意念。

【小賞】父母不和諧的家庭令作者無奈；任何人都「沒有選擇父母的權利」。本文寫到了父親的「爛賭」，也許我們已屢見不鮮，但最重要的是作者的反省意識，帶着某些深刻性，使文章並不停留在表面敘述，而能上昇到一種思索的高度。

片段父親

●張凱嫻

歌者淚

母親去世前曾告訴過我，那年，父親曾為我的遭遇痛心地哭過，但我一直不知道。

昨夜夢中，我要趕赴家族的婚禮盛會，卻不知怎樣回家，因我沒有家中的聯絡電話甚至鑰匙，在焦慮籌措中，我來到一位獨居的老太太家中，我要借用她的後門閣樓，穿越破爛和塵垢的舊傢當，去尋找父親和母親。終於在一個聚集一群狂歌當哭的男性孤寂世界裏（看他們都是草根勞動工人），找到了掩面側睡的父親。他用很動聽的三十年代女歌星淒婉的歌聲，唱着充滿哀傷的調子。我走到他榻旁，正趕得及為他拭去眼角湧出的淚。餘音裊裊，迴響着、哀訴着一個失去的希望。我感受到父親那份失意和衷慟，輕撫他搐動抽泣的胸膛，夢中的我和清醒的我都哭了，只不過醒了的我哭得更徹底和暢快，因為再也不怕驚動父親，可以讓他酒醒後回復他那份獨有的平和、篤定與尊嚴，對生活的無怨無求，卻永遠忠誠勤樸，善意包容周遭人事的氣質。

領帶子

升中學那年，校服要結紅色領帶子，本來是男兒專利的東西，我也佔了份，也只有父親才是最適當教導我學習怎去結好，於是成了生命中一次深刻的父女接觸。領帶打好了，爸爸的關愛和教導領受了，好滿足、好神氣。往後的日子，就唯獨靠這次深刻的感受去回味和汲取動力了。不過這個發現，是在父親去世十多年後，在一次丈夫投訴我結婚二十多年來不斷送他領帶子，以致堆滿衣櫥但又用不完，令他煩惱，我心裏納悶之餘，追溯喜愛領帶成癖背後的因由才恍然而悟。

出門糖

小學那幾年，日間在工廠當童工，晚上讀夜校。每天清早起來，還把牀鋪收拾、地方打掃好、飯菜一一準備才上班去。父親是工廠裁衣部門的科文，安分守時，經常穿着一套淺灰色的唐裝衫褲，左右兩個大口袋，腳踏黑布鞋。一次我一邊掃地一邊看着他出門，他挪步踏出房門之際，忽地一個轉身，從口袋中撿出一粒糖遞給我，只笑笑，沒有說話，這情況好像只出現過三數次，可使我樂了一生一世。在木納無言的父親心中長養了一點對自己被欣賞和愛重的莫大喜悅，使我在失意和失信心的日子裏不那麼的無力。

父親的淚告訴我：生命本不該如此。命運在作弄！然而他可不願去爭取不屬於自己的那份。

父親替我結的領帶子，象徵着父愛的提攜指引，包含了我對他的仰慕和親密的渴望；同時，喚醒着我內在的男性特質，領受來自他雙手的教導遺澤，緊繫着我此一生。

那出門前的飴賞，鼓勵着我、答謝了我，使我堅忍負重，當好女兒家扶持滋養家中成員的天職。一切只在默默無言中，生命在流轉、消逝；無法滿足的親情，打不開的溝通管道，父親早逝的神傷，還報不到撫養劬勞，不曾瞭解的內心世界，都趁清夜窺夢，雖是零碎片段，但綴拾扣連，仍可聊解哀思。

俯輓成文，好等重九掃祭紙蝶飄颺之際，與眾弟兄姊妹和內外孫兒，在爸媽的合塚前同頌親恩。

（父親冥壽十六週年敬悼）

【小賞】三個片段，分別以夢、象徵、速寫出之，隱寓深意，別出心裁。先人面影已渺，但往事如繪，清慮出來的都是刻骨銘心的珍珠。因此，三個片段，實際上都是詩味濃郁的意象，頗堪咀嚼。

五桶櫃

●陳瑞光

每次回父親屋裏，望見那個殘舊的啡色五桶櫃，我就憶起去世的母親。

記得那年，我剛出來社會做事不久，開始有經濟能力，買自己喜歡的東西。當我看見擱在家中的五桶櫃，是那樣古老而破舊時，便向年老的母親提議買一個新的、體積較大的衣櫥。我這樣提議，一方面是為了能有較多空間放置衣服，一方面則是為了要討母親的歡心。

誰知當我告訴母親後，她卻猛地搖頭反對，她認為那個五桶櫃雖然舊，卻仍十分有用，不應該浪費金錢去買一個新的。

就是為了這件事，我和母親吵了一會，母親硬是不答允我的提議。由於我當時年少氣盛，「啪」一聲的，我不禁一拳打在櫃子的其中一個抽屜上，抽屜的木板陡地裂開，抽屜不能再拉出來。

母親被我這突如其來的動作嚇呆了，便不再和我吵下去，不一會，她卻躲在房間裏暗自抽泣，賸下我一個人在廳中，不知如何是好。

我踱到家附近的公園裏，想散散心，誰知我走得愈遠，心中的悔疚感便愈深，原來我是為了讓母親高興的，卻反而令她傷心，而我亦實在不該在她面前發脾氣，把事情弄糟了的啊！

我為逗回母親，便在雜貨店買了一些膠木粉和材料，回家把破裂的抽屜修理。修理好的抽屜雖然仍留有一條痕跡，但是卻已可以拉出拉入，能重新存放衣物。

母親看見我把抽屜修理好，十分高興，亦再沒有生我的氣。我瞥見母親欣慰的笑容，才鬆了一口氣，慶幸自己終於沒闖下「彌天大禍」。

自此，母親每次把那個抽屜拉出來時，都分外小心，一方面是怕它會再破裂，一方面卻是為珍惜我修理它的一份心意。

我這才省悟到，為人子女的，須體察父母的心意，才能讓他們感到欣慰，否則，不得其法而行，便可能弄巧反拙。此外，我也認識到母親儉樸的美德，其實，她就是靠着這份美德，在清貧的環境中，含辛茹苦的把我撫養成人。

如今，母親已不在人間，假若我像當年一樣，堅持要買一個新衣櫥，一定沒有人再會反對；只是，我已捨不得把這個五桶櫃丟棄，因它雖然殘舊，卻埋藏着我對母親的一份永恆的思憶和懷念。

【小賞】睹物懷母，人情之常。母親生前自己曾為買一個五桶櫃傷她的心，母親去世後反而捨不得丟棄了。作者捨不得丟棄的當然是母親儉樸的美德，以及曾令母親悲喜的恆久記憶。我們今日何嘗沒有傷過老人家的心，不妨多問一個為甚麼。

那個眼神

●許穎娟

凝望着只有兩個多月大的女兒，那活潑趣致的樣子，心裏不禁泛起一股母愛；我用手按按她圓圓的額，撫摸她嫩滑的手腳，生怕她着了涼，會生起病來。

「養子方知父母恩」、父母在我小時候，不也是對我萬般呵護，供書教學，使我安全無恙地長大成人嗎？尤其是母親，她多年來不辭勞苦地上班、做家務，服侍兒女，她的恩惠我何時才報答得完？

記得在數年前，我仍是待嫁之姑娘，雖然外表文靜謙遜，在家裏倒是「女霸王」一名，有甚麼不如意或不順心的事，便在家裏把脾氣發洩出來，而母親便首當其衝的成為主要的「受害人」。

然而，每次當我發脾氣，母親總是婉言地安撫我，使我的情緒平伏下來；她的文化水平雖低，但卻懂得愛護子女，把一切最好的都讓給子女享用。

記得那一天晚上，我與朋友在外夜遊，遲遲未返，到將近回到家時，已是凌晨十二時許。我踏着急急的步伐，沿着一條甬道，獨自走回家。

那時正值嚴冬，嗖嗖的北風在我身邊呼嘯着，不肯休息；兩旁只有微弱的街燈，照在昏暗的街上，形成一個個淡黃色的光暈，間中，有同是夜歸的人在我旁邊擦過，那模糊的輪廓像是走馬燈上的剪影，帶點神秘與淒迷。

大概是衣服不夠，我的身體微微發着抖，皮膚上也起了一層疙瘩，就在這狼狽與倉促之時，遠遠的，我突然瞥見了一個熟悉的人影。

她就默默地佇立在樓梯口，樸素的裝扮，不施脂粉的臉，風把她的頭髮吹得飛揚起來，而她就只裹着一件薄薄的毛衣。

她的眼啊，正向前關注的望着，似急切的盼望着甚麼似的……我匆匆的向着她奔去，就在這一剎那，她緊蹙的眉頭忽然放鬆下來，她的眼神由憂心忡忡而變為充滿慈藹與快慰。我一走到她身邊，她便一把拉着我，然後我們互相依偎地走上屋子裏去，這時，彼此雖都沉默無語，心中卻滿載着溫馨與甜蜜。

母親在年輕時曾是個美人兒，擁有標致的五官，但歲月不饒人，多年的操勞使她的容顏日漸憔悴，然而她的慈愛，她的溫婉，永留在我心，特別是那一個充滿關注、充滿盼望的眼神……

【小賞】寒夜裏，母親佇立樓梯口等候夜歸的女兒。這種體驗，想必許多人都曾經有過。雖然是那麼平凡普通，我們讀了依然受感動。天下的母愛都是一樣的，源於血緣和天性，也會一直持續到生命的盡頭。

未說的話

●彭鑑冰

說實在的，我不知我是不是母親至愛的人。母親有七個子女，大哥是她第一個兒子，很自然的成了她的寵兒。從小到大，直至他成家立室，兒女成群，母親也未間斷過對他的偏愛。五哥和母親最投緣，母親對他花的心思最多，期望也最大。六姐自小體弱，母親對她是忍讓和憐愛。四哥一歲時夭折，二哥、三哥也沒有被忽視。但不知怎的，我這老么總覺得最不受注視。

也許是兒女眾多，也許是在我成長的期間家中多事故，母親又多病，所以我被忽略了，在寂寞中度過童年。但我有着強烈的老么心態：怕事、嫉妒、任性、戀母，這是沒受多少教育，沒唸過兒童心理學的母親不察覺的。小的時候，我一刻也不能離開母親，亦步亦趨，唯恐失去了她。大人們不明白我，總是笑我唸小學了，仍要緊跟着母親。他們怎麼知道我內心充滿了恐懼，我怕母親不理我，更害怕死亡，想到如果母親死了，我會怎樣？

因為戀母，所以我很疼愛母親。在我能自立的時候，母親已經很老了，健康極差，血癌令她三天兩日往醫院鑽，她雖很堅強和病魔搏鬥，但疾病的折磨使她瘦弱不堪。兄姐都已離巢，各有自己的家，只有我們母女二人相依。奇怪的是在我放假的時候她的精神顯得特別差，總需要我留在家裏陪伴她。或者因為我是一個稱職的看護，一個手藝不太差的廚子，只要我在她身邊，她就有安全感。我會用僅有的醫學常識編些話去哄慰她，說來有條有理，有根有據，倒也化解她不少疑慮。我又常不理兄姐下的飲食禁令，她喜歡吃甚麼就煮甚麼，只要她多吃兩口。

我不在家的時候她會支撐着。那個冬天，我趁着年假外遊了幾天，回家的時候已很晚了，她仍未睡，還精神奕奕，聲音洪亮的和我聊了半天，見她精神不壞，我心中暗喜，豈料第二天早上便發病了。我記得她對我說的最後一句話：「水已沸了，快沖茶吧！」這也是她在世上最後的一句話。之後她暈倒，住院九十三天。

那天醒來我也有句話想對她說，就是：「媽，我其實很疼愛你的！」因為過年前我較忙，對她的照顧沒平時周到，她以為我厭棄她，所以我一定要對她說明白。可惜卻來不及說，後來雖在她病榻前說了，卻不知道當時她可清醒，可聽得到。母親住院期間，我的心情很矛盾，很想她早點走，明知道沒有痊癒的可能，走了免受痛苦。但，捨得嗎？她大半時間是昏迷的，稍為清醒的時候，也懂得點頭搖頭示意，也會用力握着我的手不放，喉頭顫動着，卻不能說話。

母親去了近十年，那痛仍在。夢中常有她，多是她病中的情景，而我因怕失去她而嘶叫。有時是她獨自一人住在漏水的小屋，憂愁地看着下雨天（是墓地滲水了？）。有時是溫馨的相聚。夢中的母親不說話，然我已感滿足，醒來夢境歷歷，久不忘懷。

至今，我仍在想我是否母親至愛的人。但這重要嗎？我疼愛她就足了，何須計較？只是，我仍會自悔自疚，深感對她未夠好，我應可對她更好，愛她更多！

【小賞】戀母情結、懺悔意識和母親盼女兒關懷交融來寫，敘寫的是一種極為樸實真摯的感情。母女之間，情繫血緣，深愛之語甚少掛在口中，只深藏於心，本文將這一點化為感人的文字，並有着更重要的自省和感悟。

「高齡」母親

●鄧鳳儀

我出生之年，母親已是四十多歲。小時候，這事情令我在同學面前感到十分尷尬，因為他們的母親只是三十來歲，而我的，卻像他們的祖母。那時候，我絕不願透露母親的年齡，生怕惹來他們的歧視。十多歲的同學凡事大驚小怪。無可否認，母親的「高齡」曾使我自卑無地。

現在，我卻因母親的一把年紀而感到自豪。「養子方知父母恩」這句話一點也沒有錯。現在，我已是兩個孩子的母親，照顧子女的過程，使我體會到母職的偉大。高齡的母親，面對生活的重擔，又要把我悉心照顧，自然倍感吃力。幸好，直至今天，她的外型和體質仍保持得很好，一點也不像七十多歲的老婦人。她樂觀、自信，她會取笑那些未老先彎腰的婦人；也會望着穿得古老的女人自言自語說：「我就不會這樣穿，活像一個老太婆。」開朗的性格，使她充滿生趣，老而彌堅。

母親具備了中國傳統女性的美德——勤勞節儉。那時候，我年紀尚小，母親為了幫補家計，便到工廠當女工，計件工作，多勞多得。遇上工廠生意好的日子，母親一定不會放過加班的機會。「歡樂今宵」便成為陪我等候母親下班回來的伴侶。我一面看着趣劇，一面留心着鑰匙開門的聲音。好不容易才等到母親回來，我立刻端出翻熱好的飯菜；跟着二話不說，便往母親懷裏一探，拿出衣袋中那一堆一堆的紙條，散放在枱的另一角。這些都是母親一天辛勞工作的成果和憑據。每一張字條代表了母親已包裝好一打成衣。我則把五打併成一小束，十打併成一大束，審慎計算，繼而在報表上填上總數，最後母親總是報以一個滿足的微笑，而我卻不懂得越大的數字代表母親那天工作越辛勞呢！無論如何，這是我們每日唯一而短暫的溝通時段。

我從來不需要母親催促我溫習功課，因為放學一回家，我便會趕快完成課業。我想她有多一點閒暇休息；我不想她花精神擔心我。而事實上，在學習方面，她也無能為力。她，農村長大，正如其他順德少女一樣，未滿十歲便要到抽絲廠工作，從未正正經經讀過書。我從不「開夜車」的，為免刺眼的燈光阻她入睡，即使她從不介意。考取好成績及完成大學課程是我年青時的心願，也是答謝母親的最好的方法。一點體諒，一點關心，盡是無言的接觸，但卻是我們相親相愛和應付逆境的原動力。相距四十多年的一對母女，也可以在這層面上得到溝通；偏偏這一代的年輕人動不動便找代溝作為藉口，不肯與父母傾談半句，究竟他們之間欠了甚麼？

母親一直幹着包裝的工作，即使在我大學畢業後，她仍以無所事事為理由而拒絕退休。直至我誕下了女兒，她才肯轉職——當起了保姆。新生命使她有了新的寄託。看她一會兒買「口水肩」，一會兒縫製汗衣，忙得不亦樂乎。她清癯的臉孔格外顯得精神煥發。而近年來我們終有了共同的話題——我的女兒，她的孫女。我看着她照顧女兒，彷彿看到了自己的影子，同樣感受到她的愛。

我的母親囉嗦、急性子、頑固、有主見、有計劃，還善於理財，她擁有一般母親的優點和缺點，但對我來說，她是最特別的母親，而我是最幸運的女兒。

【小賞】勤勞的母親為幫補家計，當了大半輩子工廠女工，不願退休；女兒生下女兒，又為了照顧孫女忙碌。她的愛延續兩代——天下母親的平凡在此，偉大也在此，出於天性，不求報償，世上沒有其他感情、其他愛可以匹敵。

一家九口的支柱

●潘金英

我們家有五兄弟姊妹，加上父母、爺爺和嫲嫲，一共九口。小時候，一家人三代同堂圍着吃飯，吱喳熱鬧得很，話說得最少的是爸爸。爸爸性格沉實，不愛把事掛在嘴邊，但數十年來對我們一家的關懷都是默默進行。

六十年代，香港暴動時，我只有幾歲，爸爸工作的地盤停工了，當時人浮於事；他為了一家的生活，到了毛衣廠工作。堂堂建築系畢業的男子在織車間與女工一起編織毛衣，媽媽愁着臉替他委屈，但爸沒怨過一聲，笑謂何妨學一門新科技傍身。過年前，他親手織了新衣給我們，說：「看機織出來的花很漂亮！」

由於生活艱難，大哥自小便寄居在千里遠的親戚家，但媽總是惦掛着。爸爸把多年慳得的錢寄到親戚處，請他買機票送大哥回港，我們才能團聚。大哥十一歲抵港，性格洋化，爸爸不怕他不懂中文，一味愛他教他，堅信大哥會學曉中國文化。那時一般孩童閒時沒有甚麼玩意，玩具欠缺，但爸爸注重子女的健康成長及精神生活，總抽空帶我們看電影，印象深刻的有賓虛、小泰山等西片，當時看戲很奢侈，但他認為很值得，也的確令我們大開眼界。爸爸最愛向我們講俠義故事、水滸、三國、西遊等，使我們的童年豐富快樂。他又教曉我們游泳、踏單車，鼓勵我們不怕困難，勇於挑戰自己。

爸爸對兒女的教育一視同仁。以前普通人家，中學畢業後多投身社會，但爸爸常鼓勵我們多讀書，說：「誰想讀上去就努力，我再辛苦也會供你們！」他認為知識是他給子女最好的財產，無人能掠奪。在爸爸的支持下，大哥已成為測量師，弟弟在美國完成碩士課程，妹妹在日本大學畢業。我一直教書，雖很想進修，但有子女負擔，猶豫不決。爸爸知我心意，安排我女兒由媽代為照顧，使我工餘可兼讀學位課程。爸爸自己很渴望進修，使事業更有發展，可惜他事事以家人為重。忽略自己的事，總說家人幸福，子女有成，便心滿意足。以前爸爸已有個小禿頭，媽媽偶爾取笑他是「毛澤東頭」。想來這都是他為家人太勞累所致。

後來家裏生活好轉，大陸的親戚常來信募捐，爸爸發起籌款興建鄉村小學，讓鄉童都有書讀，他的關懷惠及鄉親老少，可謂早期自發的「希望工程」呢。

近年媽媽患了心臟病，加上子女不在身邊，長期服藥，心情抑鬱，易發脾氣。爸爸事事遷就，耐心照顧；今日媽病情好轉。正印證了「愛是恆久忍耐，又有恩慈」這句話。再者，爸爸又侍奉雙親至孝，我們見他悉心照料年過八十的祖父母，頭髮日見稀疏；但這個家現在四代同堂，已全賴爸爸這偉大的支柱，默默付出，全心關懷，不惜一切來維繫。我們衷心感激他！

【小賞】早期中國人的傳統家庭大都男主外，女主內，父親扮演一家支柱的角色。他們那沉毅堅忍的形象，使人聯想到大力士赫格力斯。文中父親便是如此，為一家生活、子女學業，義無返顧，能伸能屈、心甘情願，且有份難得的樂觀。

烽火姻緣

●李哲雲

每逢跟母親走在中上環一帶的街道，便會引起我們母女倆不同情懷的唱歎！看着一幢幢新型的商住大廈，漸次地替代了陳舊殘破的樓房。時代的變遷，景移物換，對喜歡懷舊的我來說，轉逐於都市浪潮之中，只有顧盼驚歎而已。可是，對於母親，這街這巷。卻是曾織出那影響她大半生的愛情故事的地方。

母親生性內向聰慧，她是家中的么女，外婆十分疼愛她。外公在港澳大船上做商販，樂天知命。母親的童年，除了體弱多病外，可算是快樂的。那個年代，女孩子甚少有受教育的機會，而母親就像外婆一樣，識字讀書都是靠問人自學的。據母親說，外婆很深閨，時常愛捧着線裝小說讀得入迷，對那些鴛鴦蝴蝶派的故事，更是讀得淚下不禁的。這種多愁善感的情性，也遺傳了給母親。

正當抗日戰火漫天的時期，母親一家就住在荷里活道近水坑口的一處小樓房。一層樓中就住上七八伙人，家家生活艱難，這時，住在隔壁房子有一個外表清秀、沉默嚴肅的青年，與一位教書的老人家相依。青年經常喜歡伏案寫讀，甚是勤奮。久之，青年間中會來母親家探訪，母親只是赧然應對，十四歲的大女孩，並沒有作任何遐想。然而，外婆看在眼裏，又聽得旁人講及那位青年脾性剛烈，為免衍生枝節，便另覓房子，悄悄地搬家。不過，也只是離開原住地方相隔幾條街罷了。

平靜了一段短暫的日子，卻又山雨欲來，日軍開始進攻香港。在一個炮聲轟隆的黃昏，那位青年竟找到母親家門來；身穿西服，上面佈滿塵土，原來他當上抗日的傳訊隊員。這回千辛萬苦，查得母親住處，便騎了自行車，冒着槍林彈雨，急急前來問候安危。看他一臉愴惶，母親年輕的心兒起了顫動！

不久，青年拜託媒人來提親，外婆還是猶豫着，擔心為么女找錯郎君。可是，戰事情勢惡化了，大姨母就向外婆遊說：還是快把妹子嫁出罷，要是日軍來了，留着閨女在身邊實在太危險哩！就這樣，親事給說成功了。在香港淪陷前一刻，青年就帶着純真的姑娘，趕回大陸故鄉成婚去了。

父親畢生也沒有提及這些事，而母親卻給我說過許多遍了。每次逛上荷里活道，母親總會無限緬懷的指點那些曾經住過的樓房位置，以及當時發生的事物，情節仿似舊粵語電影的橋段。可是，這一切都是父母親一生中至刻骨銘心的事！數十年來，他們經歷了不少波折：母親留落鄉間下田賺活，十年嘗盡辛酸；父親為生計數度獨自赴港謀生，夫妻分隔一方；也兩度遭受初生兒女夭折的不幸；然而，母親的賢淑堅忍，終亦渡過幾許難關。

母親在鄉間時，曾偶然翻閱一些舊書信，發現其中一封父親在婚前寫給曾祖父的信，內容是因祖母在鄉中為父親另訂親事，父親乃表白：若不能娶得他在港已選擇的女子，則願從軍去也！從此，母親將父親這份心跡，靜靜地藏在心坎中，也默默承受了大半生的風雨滄桑。

半年前，父親離世了，悲慟仍耿蝕於心間，如今我們只能對母親更加倍的孝愛。又每當我拿出珍存着的父親年青時的照片，凝看父親俊秀的面容，眉宇間透着智慧與傲氣，便想起母親常於憶述往事之餘，既感慨亦簡單的一句話：「這份姻緣，是天註定的！」

【小賞】這是戰亂年代的一曲堅貞戀歌。動人處：男的心中只有她，非卿不娶；美麗處，女的在陰陽相隔之後，終不忘，常思量。這對男女就是作者的父親母親。至今，有多少子女會為父母刻骨銘心的愛情記下片言隻語呢？

求神

●黃業華

童年事，多已如煙飛逝，依稀還記得當年自己身體非常瘦弱，只要罅隙稍大一點，已足夠把我身體塞進去，而且出入自如。由於身體瘦弱，也帶給我一些好處，媽媽每次打我，都不敢太用力，怕把我打死。

那年夏天，不知怎的，身體突然不適，四肢無力，時常發燒，整天迷迷糊糊地躺在牀上，身子轉來轉去卻總找不到舒服的姿勢。媽媽雖然沒有說甚麼，但見她不停的在我身邊轉，也大概瞭解她的心情。爸爸很少看我，可能是工作太忙，又或者怕他的關懷會影響他的威嚴，一切的關心，在未離開他的心房已卻步了。

媽媽每天都扶我去看醫生。接着就是煎上一碗一碗又苦又黑的苦茶，甜言蜜語與威迫恐嚇交替使用，一口一口的把它往我口裏灌。從嘴角流下的良藥，經常沾濕我的衣領，使我整日嗅着那藥味，要是那藥真的有效，我康復的速度早應加倍。

還記得，那是一個黃昏，西斜的陽光照在牀邊媽媽的背上，髮絲露出點兒金光。她不時撫摸我的額頭，又一聲聲地歎氣，最後她把我整個人抱起，我的頭軟弱地伏在她的肩上。也不知走了多久，她小心地把我放下，放在一張冰冷的酸枝椅上。由於心裏發出的陣寒，使我抽起雙腿，頭靠在椅背。我微微的張開眼睛，一座佛像現於面前，金色的佛身，單掌往上抬貼於胸前，似乎在凝聚宇宙的元氣，好使他能施展法術。又肥又大的耳朵，貼在面部的兩旁，露出一派慈祥的容貌，使我確信他有一點法力。媽媽一直往前走，拿了幾根香，點好，放在佛像前，回身慢慢跪在那用草青編做的圓墊上。頭是低着的，口卻在不停地喃喃自語。由於天色已晚，看不清媽媽的面容，更不知她在說甚麼。良久，她突然拿出手帕，往眼裏抹，我知道她在哭了，她是為我而落淚。我從未感覺到自己原來如斯重要，心中不其然的泛起一股暖流，使我的心好甜、好甜。奇怪得很，往後幾天，我的病好多了。不到一星期，又再做街上的頑童了。

多少年後的今天，她老了，身體也不好，時常有病。那夜，她對我說：「我老了，再活不了多久……」我的心很酸，不願再聽下去，抬起頭，好使淚水留在眼眶。良久，我低下頭，輕靠在她的肩膀，像貓兒般鑽進她的頸項，默默地期待，期待那三十多年前的「暖流」，能在我母心中重現。

【小賞】童年的病中情景寫得很細緻，藉此刻劃出一位為兒子之病能早日好起來而憂慮操心的母親形象。這樣似曾相識的情景想必許多人都經歷過。當感到無助時，母親就藉燒香拜佛，求神保佑，流露的是孤苦無言的愛。

「放在你的手裏」

●劉鳳鸞

小時候，每當協助媽媽打理家務時，我總要問她該把剪刀、開瓶器等東西放在哪兒，然而，每次她都皺着眉頭，沒好氣地回答我：「放在你的手裏！」，每次聽得她這樣說，我便很不高興，心中在嘀咕：我就是忘了該放在哪兒才問你呀，你幹啥要這樣戲弄我！

從唸小學起，我每問媽「該怎樣？」、「要怎辦？」、「有甚麼方法？」時，她都不曾很關切地為我解決困難，只會叫我冷靜點、清醒點。我覺得我是一個獨腳演員，在台上上演着一齣《活在水深火熱之中》，而她則只是台下一個很抽離的觀眾，靜靜地看戲，從不對戲中情節加以評論。我很不滿意，她應是導演，指導我去演戲，教曉我揣摩演技之道。

在唸中三時，我首次投稿往某報館，文章很快被刊登，我萬分雀躍，得意洋洋地說：「我的中文老師說我的寫作能力高，鼓勵我多寫文章，日後做個出色的女作家！」媽臉上沒半分喜悅，冷冷地道：「當作家一點也不易，做人不可盡在夢中。」她的話敲得我挺直的腰板全碎了，我以為我在為一件會令她驕傲的事而努力是對的，是光榮的，我無法明白，為何當我想得到她的支持時，她偏要在我的心靈上放置厚厚的冰塊。沒有分享，沒有分憂，她的用意何在？用意何在？

我的作家夢在這次事件後便完結，我此後便埋首於書堆中，期望不能當作家也可做個學者。不幸地，爸於我唸中六時病逝，家中經濟出現問題，彷徨的我又問：「怎辦啊？」媽邊流着眼淚邊罵我：「你自小就是這個樣子，你到現在仍要問，你，你是長女啊，你不會長大！」我為她那罕見的淚珠兒而錯愕，為她的激動和痛心而驚愕。我不敢再問……，「我不會長大」——好個當頭棒喝！

現在，我是個已廿多歲的小學教師，在工作、進修和感情方面遇上問題。我多會告訴媽，媽依然不會輕易給予意見，我卻沒有再哀求地徵詢處理之法。我在中六後便退學，而在這幾年來，我於生活和心理上都經歷過許多折磨和掙扎，嘗過世態之炎涼，人成熟了，不可再如一個無知的小孩，撒嬌發嗔，希冀人家來幫助自己，每個人也有自己的煩惱，自己的憂慮總不見得較別人的多吧！何況，我還要為一群群正於人生路上徘徊的孩子們作個「堅強、獨立」的好榜樣呢！

最近，我與媽在閒談間提及我在中六後決定退學一事，她兩眉一皺，搖搖頭，感慨地說：「那是迫使你成熟的好機會。」我沉默不語，看着臉上帶點風霜的媽，禁不住回想起在我年幼時，媽所扮演着的旁觀者角色，我那時真的常在暗地裏埋怨她絲毫不關心我的死活（那時太誇張太偏激了）。然而，媽原來是個智者，我到了現在才從教育學上領悟到的「發現式教學法」精神——讓孩子主動學習，成為學習過程中的主角——她早在廿多年前便活用了：她不想我凡事跟隨她的方法去做，也不阻礙我依循個人的途徑去處事。她看出我依賴性強，不忍心點便不能培養我獨立的性格。

最近媽對我說：「你的人生經驗豐富了，現在可以執起筆來，寫點有深度的文章。」我的媽媽，凡事看似袖手旁觀，不聞不問，卻實在甚麼也放在心裏。她其實一直是我的導演，要我演出的劇目是《放在你的手裏》——我的成敗，我的得失，我的榮辱，都在我的手上，除了我，還有誰掌握自己的命運？

【小賞】文章用喻，貼切題旨。精神未斷奶的孩子，要使她早點獨立和成熟，母親的心確要狠一點。從埋怨母親對自己在人生路上的不理不睬，到頓悟母親其實是躲在暗角注視着自己成長的導演、讚美她是活用發現式教學法的智者，本文抽絲剝繭、步步推進，富於說服力。

玩童的蛻變

●丘安盛

我是家裏的老四，前面有三位哥哥，大哥和二哥比我大好多，我和他們玩不到一塊，唯有三哥只大我兩歲，我和他最投契，整天跟着他玩。他常揶揄我為「跟屁蟲」。

我們讀小學期間，正值第二次大戰結束不久，百業蕭條，市場上沒啥玩具賣。我們於是就地取材自製玩具來玩，其中製作風箏是我們最拿手的強項，而我媽是我們原料「供應商」。她對我們的要求往往都給予滿足，偶有不允時，我就使出殺手鐧——不斷在她身旁磨勁，甚至伸手往她的口袋掏錢，她心軟，任我把錢拿走。為了和別人鬥風箏，我們加工縫衣線，把碎玻璃粉黏上去。使它變得鋒利無比，但一不小心就會割傷手，我媽心疼我們，便幫我們縫製牛皮指套。三哥戴上指套操縱風箏，我站在一旁幫他繞線軲轆。當看到別人的風箏不敵而飄落下來時，我便拔腿飛跑，和其他人爭揀戰利品。

三哥為甚麼樂意帶我這個「跟屁蟲」呢？原來那時的我外表跟他一樣：理男仔頭、着男仔吊帶褲，一身男性裝扮，這都怪我媽一直讓我穿哥哥們的衣服，說不要浪費。我媽是喝過苦水的人，現在雖然苦盡甘來，她仍然保持勤儉持家的美德。不過，這樣也好，三哥才樂意帶我去玩呢！

說到玩，三哥花樣也真多，他早前養過不少鴿子，後來又養起一群雞來。買小雞的錢仍然是向媽媽索取的。三哥常領着我，到泥地上挖蚯蚓來餵雞，小雞很鍾意吃，牠們像吃了補品似的猛長，很快就下蛋了。我們每天下午放學後都到雞籠前高興地揀拾起好多又白又大的蛋給媽媽，媽媽樂得直笑。

我們就這樣無憂無慮地盡情玩樂，時間也不知不覺過去了，又到了學校發成績單時候，三哥一看自己成績單上有好多紅字，差點要留級，就傻眼了。我也好不了多少，我們都驚了，心裏琢磨着怎麼過父親這關呢？

我父親由於家貧沒有上過學，十二歲的他便為生活所迫而背井離鄉，千里迢迢去投奔在印尼經商的親戚，成為寄宿店內的小夥計。他憑自己的毅力攻克文化關，終於摘了文盲帽，成為肚裏頗有點墨水的生意人。難怪他對子女的學問向來都不含糊。儘管他平日無時間來督促我們，但每學期的成績單，他例必仔細過目，成績好，他加以鼓勵；成績欠佳，他會瞭解原因。所以，我們對父親向來是既尊敬，又有些畏懼，這次可更怕他了。

果然，父親震怒了，他先狠狠教訓我們一頓。然後講述自己無緣上學的痛苦，以及玩物喪志的道理。他一口氣足足講了兩個時辰。

從我懂事以來沒見過父親發過火，親朋戚友也常誇他脾氣好，為人厚道，有啥事都願找他商議。這次我們激怒了他，連我媽也遭了殃，父親說她太縱我們，並向她下一道命令：立即把雞全宰了，不可再養這玩意！

父親這一招果真靈，自此三哥真是收心養性了，只見他很少出家門，在家不是看書，就是做作業。我失去了領頭的，也沒法做「跟屁蟲」，不知不覺也成為「啃書蟲」。我三哥更了不起，他的學習成績年年名列前茅，我真服了他！

【小賞】現代少女看美少女，唱卡拉OK，五十年代女孩像男孩般放風箏、玩雞仔。父親對荒廢學業的兒女震怒狠訓，果然是「不罵不成才」：小哥學習成績年年名列前茅，「我」從「跟屁蟲」變成「啃書蟲」！今天，我們有哪個人不懷着感激之情，回想當年父親「恨鐵不成鋼」的怒斥甚至體罰？

祭亡母

●忠揚

媽媽，媽媽！

我親愛的媽媽！你在黃泉之下，你在碧落高處之靈，可曾聽到我的叫喚？我是你唯一的活在世間的孩子啊！

媽媽！你為甚麼不回答我呢？哦，也許你對這叫喚之聲感到悠遠，感到陌生。是的，你我母子倆陰陽相隔畢竟已是整整的半個世紀。五十個春秋歲月不曾聽過孩子的叫喚，不免要疑惑，不免要納悶。何況我們家族歷來忌諱親切的稱呼，以致我自出生以來，就不能夠親切地喚你一聲媽媽。

終你短暫的一生，卻不能光榮、驕傲地接受孩子對你親切的叫喚，我想，這也許是你最感到遺憾的。對於我來說，卻是最感到百般的痛苦和無奈。身為你的孩子，在你健在時不能親切地叫喚你媽媽，而在身後，我縱能千般地叫喚你，你卻張不開口來回應一聲。這是何等地令人慨嘆，何等地令人傷感啊！

媽媽，媽媽！

最使我遺憾的竟是不知你生於何年何月何日何時，而最使我不能遺忘的，不，應是最使我銘刻於心的，是半個世紀前的那一天，一個我不知道何年何月何日何時的悲痛的日子。

至今我仍依稀記得，那天一大早，家裏人就忙着張羅，把你打扮得整整潔潔，為你換上一套新縫的碎花白底的衣服，更把你那一頭烏黑的短髮梳理得整齊妥貼，然後抱扶着你，讓你平躺在稍嫌狹窄緊迫的棺木裏。

那時候我還不懂得你已經離開了人間，離開了你的孩子，離開了你應該走完但卻無法走完的人生路。

飯含儀式的時刻到了。一位上了年紀的仵工領頭，教我跪在你的棺前側邊，用我幼小的右手，挾着早已備好的雞肝豬肉，放在你那早已不能開啟，不能咀嚼，不能吞嚥的嘴上，然後跟着老仵工，唸着我並不明白含義的送葬詞句。我不懂得悲傷，不懂得哭泣，也不懂得流淚。

飯含儀式結束，仵工們給棺木蓋上蓋子，釘上釘子，用兩根粗大的麻繩穿過棺木和抬桿，然後，默默地把你抬走了。

媽媽，你就這樣無言地走了！走得如此孤苦，走得這樣寂寥，走得毫無一點聲色，沒有喧天的禮葬鑼鼓，沒有執紼送殯的人，沒有呼天搶地的啼號，沒有嗚咽的啜泣，甚至沒有潸然的下淚，伴送你的，只有仵工沉重的腳步聲，只有麻繩在棺木的重墜下發出的吱吱聲。

隨着仵工最後一記腳步聲的消失，隨着屋子的大門重重地關上。媽媽！你就這樣永遠地走了，再也不能回來看看你那年幼無知的孩子。

媽媽，媽媽！我還記得在你離開人世的前一天，你從病牀上掙扎起來，趔趔趄趄地走到大媽跟前跪了下來，請求大媽在你去世之後代為撫養，而大媽也欣然答應了。

媽媽，我感激你的臨終託孤，我也感激大媽對我的撫養，沒有你們，也許我熬不過那苦難的戰爭歲月，也許沒有這個孩子在半個世紀後為你寫下這篇祭文。

【小賞】年幼喪母，是人間最大悲情之一。時光流逝已半個世紀，生離死別的一幕仍清晰如昨。五十年前，戰難使一切變得那麼簡單，但並不能阻止懷念的綿長。前半的呼喚，揪住人心。感人肺腑；末尾寫出生母心事未了，臨終託孤，大媽沒有猶豫，欣然應允。兩位母親，都偉大不凡，都出諸賺人熱淚的善良母性。

永恆的寂寞

●東瑞

我靜靜地立在墓園裏，肅穆地向父親的墓碑默哀，但他已經不知道我來過又要走了；我風塵僕僕而來，馬上又得遠離他，飛越萬里海天之外。

為我撐傘的暫時走開，猛覺得頭上着了火似的，眼前是教人頭暈眼花的白光亮閃。是那亞熱帶烈陽欺侮草木幼嫩未長，將熱力加高了千萬倍全部投射下來。腦袋瓜子被暴曬宛然裂開了。

沒有樹蔭的墓園是個可怕的大火爐。遙憶您四十年前出洋，四十年的歲月，正是這日日的炎陽，將您曬成一身黝黑皮膚的麼？

驀然回首，後面一大片一個又一個排列整齊的白色饅頭，似乎都在強忍酷熱的煎熬。

靜寂極了。人影也不見一個，連樹影也凝住不動；石板發燙，野草叢中的每一片葉子、每一朵花，熱得又乾又脆，稍動就折斷。

孩兒才三歲多，不知道這是個甚麼地方。陽光毒烈猛射他的頭，他快忍受不住了。

這裏躺着公公。我指着墓碑，對孩子說。我又說，公公躺在這兒快十年，我們從來沒有來看過他，他非常寂寞。

於是抓起香，燒起了紙，流出了無言的淚。往事隨着飄渺的煙，在半空湧現，飄來又逝去。啊，剎那間我祈願時光倒流，倒流十年。無論當時如何困苦我都情願。我可以陪伴於您左右，您歸去時到墓園送您一程。

天涯飄泊者，父親，在異鄉的土地下，您是否已化為一抔黃土，靈魂得到安息了呢？

當年出洋攜帶的小破藤箱，如今是否安在？您匆匆遠行，永別我們而去，從此再也聽不到您的海上故事；您無緣見到我的第一本書，可總算有幸見到你疼愛的小甥女，如今已成了我的伴侶，與我同行。

您突然撒手。曾令堅強的母親一病臥牀，三月不起！如今每當吃團圓飯的時候，您在牆上的照片，眼眸投射出來的光芒，還是像從前那樣威嚴，也像燈色那麼柔和，充滿無盡的愛意。我們做子女的，常想到您給予的有形的和無形的寶貴的東西，想起你那不輕易言敗的倔強堅忍、樂觀精神，越發對您產生海一樣不息的思念。如今我在墓前，想到平生的聚少離多而今又是陰陽相隔、山水各在一方，從未償報，只有愧色，只有綿長的悔疚！……

墓園更靜，陽光更猛烈了。我走上那個小山坡，仰觀着烏雲隱約在遠方，驚覺熱帶的暴雨在沉悶中醞釀着。我們走出了野草叢，準備踏上歸程；黯然神傷，依依不捨，一步一回頭，望那墓園，依然寂靜得駭人。一叢叢半圓饅頭式、覆舟背式的墓，顯出淒涼的白光，一個人影都沒有；沒有遮天的濃蔭，只有小樹、野草叢生其中，葉子一動不動。風，不來此地。

一切飄泊故事在此嘎然而止，劃上句號。

想起了無月的夜，想起雨季，想起祭拜的人走後，一切都不堪設想，我快窒息、五中欲裂了。

這難耐的永恆的寂寞，究要延續到何時呢？

我來過又走了，我的淚流了又乾了。我不能不來又不能不走；孤苦寂寞的父輩靈魂們，您們知道麼，知道麼？您們不會知道的了。

（八二年赴印尼雅加達納納斯墓園拜祭父墓而作）

【小賞】藉一次赴異鄉對父墓的拜祭，帶出華人背井離鄉的飄泊故事。全文着重墓園景物環境和酷熱天氣的渲染，為情造文，情景交融，襯托出逝者的寂寞，生者的思念和愧意，使祭文塗抹濃重的悲傷色彩。今日子女出洋為鍍金，當年我們的父輩出洋卻為生存，走一條不歸路。

父親與那一桿粗派克筆

●彥火

新年，想起一桿粗大老氣的派克墨水筆。

那是我從閩南家鄉來到這個蕞爾小島不久便擁有的第一枝派克筆。五〇年代，市面最流行、也是最時髦的是手指般粗、黑地滾金邊筒的派克墨水筆。

我的第一枝派克筆，是父親從菲律賓給我捎來的。

父親是文盲的。雖然他會打算盤、又會做生意，卻連「大」字也不會寫（他的口頭禪）。

寫字當然要用筆，寫好字用好筆，是言之成理的事。

結果，在新年，十歲的我收到父親的禮物——一枝派克墨水筆。

我打從懂得寫字開始，便沒有好好地練過字。一旦握着一枝名牌筆，大抵是心情緊張之故，手顫巍巍乎，寫出的字更歪三倒四了。

父親從來不看我寫字，我也從來沒有告訴他我用上派克筆之後字寫得好不好。他是以為會寫得好的。

有一次，他還向朋友誇耀他買了一枝好筆給我。

這枝派克筆在我的手中沒用幾個月工夫，筆尖上滑溜了的圓珠便給磨掉，後來更開了叉。

這枝筆最終的命途怎麼樣了，我恁地記不起。以我的習慣，我是捨不得擲舊物。只要是我觸過，撫摩過，油然有一種感情在。擲掉舊物，彷彿擲掉一份感情，總是依依。

使我感到愧疚的是，雖然幼小的我便能用上名牌筆，我的字還是依故的不長進。這一點，我是始終沒有告訴過父親的。爾後，我一直不再用名筆寫字。

不少寫稿的朋友不用名牌筆寫稿，是因為稿費低的緣故。

名牌筆的意義是用來給大班簽名或佩在身上，作為身分的象徵。我之不用名牌筆，是我拿上名牌筆便有一份心理上的壓力。

我曾收到一些朋友贈送的名牌筆如刁彭等，我是毫不猶豫地轉送給朋友。我較早用的是斑馬圓珠筆，當初是兩毫子一枝；後來水筆面世後，便一直用斑馬牌細水筆。這都是最廉價、最頂用的筆。

二十年來，用廉價筆塗塗寫寫，出版了十多本集子。

這一點，我也是始終沒有告訴過父親的。

許多年了，有一天在菲律賓南部小海島與父親敘晤，看到父親灰白的鬢髮和滿臉的皺紋，情如老舊派克筆滿佈金邊的條條坑坑，便戰兢地想起父親給我的筆。

船臨啟碇了，送船的父親戴着一頂草帽一逕地向我揮手。

我的視線模糊了：父親的身影漸遠、漸小……。

我曾下死決心要告訴他送我派克筆和我寫字的事。

十年前，最後一次見到父親。父親躺在宿務醫院的病牀上，鼻孔插着兩支輸送葡萄糖水的管子。

彼情彼景，我已忘記我要告訴父親的事。

又有一個年頭，老遠跑到那個小海島去拜祭父親的墳墓，我在上香的時候，終於告訴他，我沒有用他給我的派克筆寫好字，而且我還用廉價筆塗了十幾本集子。

又過了好幾年，我坐在書桌旁，用廉價的水筆寫了這篇小文，獻給在天國的、目不識丁的父親。

【小賞】父親目不識丁，送名牌筆給兒子，自有一番寄望和深意；而寫作人寫好字、好文章未必要依憑名牌筆，只是這個內情一直不便也沒機會告訴父親，直至他去世。箇中原因不言而喻；父子情、文情和世情，皆渾然天成。

裊裊一縷雲

●唐至量

每當我抬頭望見天邊那一縷白雲，我便會想起我父親。

每當我想起父親，就像看見藍天下那一縷白雲。

白雲裊裊，飄弋於空靈玄虛的大極之間。

父亦裊裊，若隱若現浮游在我已經木然的腦際四周。

是的，在我心裏，父親像一縷飄忽的白雲，很輕，很遠，很曚，只像一縷雲。

父親去世時我三十一歲。在這三十一年當中，父親和我共處一室的日子加加碼碼，摞在一起不超過三百六十五天，也就是說不到一年時間。可以數說的事情是稀而又稀，少而又少了。以致在我的筆下，這竟是第一次寫父親。

印象中，父親是一個謹言慎行、做事有板有眼的舊式文人。幼年時，他給我的一點啟蒙教育大多是在飯桌上進行的，所涉也止限於一些做人的規矩。比如吃飯要有「吃相」，搛菜要搛面前的，不能把筷子伸到對面去；筷子不能在菜碗裏翻攪；吃飯嘴巴要抿住不要發出嘖巴嘖巴的響聲。還有，坐要有「坐相」，站要有「站相」，凡事都要循規蹈矩，想不到這一套規矩不知不覺中竟管了我一輩子。我現在又拿來管我兒子，可是他已經是不屑一聽了。

父親的記憶力特別好。解放初期，地方政府請他整理徽劇，有一段時間他整天伏案，用毛筆小楷在黃裱紙上一絲不苟地寫着，甚麼貍貓換太子一本、二本、三本……十本，三國演義一本、二本、三本……十本，還有西廂記、施公案、水泊梁山、岳飛傳等等（「本」即如現在連續劇的「集」）。從角色出場秩序到道白唱腔，以及布景道具，一一列出，一本一本用線裝訂好。我會裝訂線裝書就是小時看父親做學來的。

然而，父親所給我的啟蒙教育也僅如此三類而已。從生活的衣著到上學讀書，以及後來整個成長，父親並未給予過更多的關心。

父親和母親晚年失和，母親同我住，父親和在另一城市的大哥一家同住，大哥大嫂和幾個侄子侄女對他甚為孝道，他過得十分平靜，我常去探他，只是自小缺少一份親切，總覺得有些疏離，相對而坐，靜默無語。

七五年冬初一天接到父親病逝的電報，第二天趕去，父親雙目已經緊閉，深深地凹陷下去了。人雖瘦，表情卻安詳，遺憾的是除了大哥一家外，他沒能再看看急促趕來的二哥，姐姐和我一眼。

事後覺得奇怪我當時沒有流下一滴眼淚。反而，在父親走了整整二十年後的今天，追憶那淡淡的往事，提筆為文的時候，竟然兩眼濕潤了……

父親一生散淡，無甚貴重之物。我只揀了一個紫鋼墨盒。那是父親生前常用的文房用具，三吋見方的銅盒蓋上，鏤刻着《蘭亭序》，刀工嚴謹，運刀精細。來港時我特地把它帶上，成為唯一的紀念了。

父母親的合葬墓地在長江南岸山坡上一片松樹林中。來港五年都沒回去掃過墓。明年清明應該回去一趟，不為其它，專程探望父親和母親。

【小賞】父子間聚少離多，以致關係疏離、相對無語。恐怕不少家庭都有過類似情景。但父親的教誨今日仍管用，追憶他時依然會淚下，可見，無論如何，父親始終是我們的至親，影響着我們的一生。

雄獅的哮叫

●陳少芬

我體高僅及爸爸的腹際的年紀時，吃藤棍或巴掌的次數是姊姊的十倍，因我頑劣難教，爸爸卻又是尊奉「小孩子不聽話要打，少講廢話（耶穌）」的教條。我得承認「俾阿爸打」後百分之九十的結果仍是氣憤難平、思想上仍不服輸，因他並非以道理說贏我。

體罰是成人對小孩用的「茅招」罷了。我乖乖馴服，因我自知個子和力氣不足與爸爸對抗，且最終還不是皮肉受苦。不化算！

然而有一次，我已不可忍，決意堅定立場，令爸爸的權威受到挑戰。他怒不可遏，打得更凶，可我已本着「把生命豁出去」的意志，大有以死相諫之精神：「打死我吧，我是你造的，當然可以由你親手打死。」我清楚記得他那一叱夾着一籐節拍有聲的咆哮：「跪下……認錯……跪下……」我無動於衷，他氣得親自動手推我、迫使我跪在地上。我決要挑戰，乾脆順勢攤在地上任打，這回他又氣得要我「起身……站好……起身……」，我仍舊如石頭一塊。

爸爸不容許敗陣在子女面前，我亦使他贏得表面上的勝利；自己雖然籐痕纍纍，但我覺得：這一次我贏了。

隨着我的體高直追爸爸，他亦漸以新的方式和我相處：講理。不是因為他老了沒力氣打人（必要時他仍是寶刀未老呢！）而是他說：「你大個了，是大姐仔喇，自己要懂事，阿爸也不好意思打你啦！」

不過，消除對爸爸的怨恨依然是發生在吃籐條的年歲裏。

小學三年級，在那該死的炎夏，我得了肝炎病。對一個小女孩來說，不可謂不嚴重——身體發軟、眼發黃、胃口盡失無法進食，卻仍可大嘔特吐。僅剩半條命的我當然是被送到醫院。

可笑的是我極度享受住宿病房的日子：爸爸管不到我、有同房病友伴我吃喝玩樂、用家中送來的利賓納。葡萄適、餅乾吃食等玩「煮飯仔」。心中已忘記家中還有爸爸和姊姊正待我康復回去。我只記掛今晚宵夜是果醬或是花生醬塗麵包？我甚至未說過一句「好掛住屋企啊！」，反之每晚甜睡到明天。

一天，醫院阿嬸帶來兒童書和生果，說：「你爸來探你！」然而等了良久還未見他半個身影，正擔心是否自己平日太頑皮，他不來了。阿嬸突然拍我一下說：「蠢豬，你爸在樓下，從窗口望下去啦。」我衝到窗口往下一看，爸爸果然站在那裏。為甚麼呢？

該死的大熱天，爸爸的臉給灼紅了，仍背着開工（揸小巴）的大袋。我們互相拚命揮手、喊大嗓子交談，主要還是他問：睡得好嗎？膳食如何？身體怎樣……。我竟笨至不懂回贈他「工作辛苦不，小心駕駛、不要掛心」之類。直至他說「你惦掛家姐嗎？你很快可以出院」時，我再也忍不住淚水。可惜淚珠兒太小，怕從這層直掉下，還未到爸爸站着的平地前，也早給太陽蒸發了呢！我很內疚：忘了要掛念姊姊、也忘記了爸爸。更後悔對他不好，頑劣不聽教。之後我真想找那位阿嬸算帳，斥她為何不准我爸上病房來。事實不過是醫院的規矩：肝炎不是輕病，且會傳染，探病是不能親近接觸。至如今，我才驚覺有一絲與爸爸親近的渴望。我怪自己連累爸爸將辛苦賺的錢都送給醫院了。爸爸的探望一次比一次辛苦，因我隨病情的好轉，轉介病房的層數會越高，不過那是好事：我快回家了。

我常有這樣的聯想：那靜伏在獅子山上的猛獸，不只為要俯覽大地屋簷下各式各種的生活，還得守護那溜到山坡不遠處嬉戲的小幼獅，若牠頑皮得過分，雄獅一聲哮叫，風也給嚇得屏氣止息了！卻是一個溫馨的情景呢！

【小賞】雄獅訓罰小雌獅的方式的確嚴厲，唯因小雌獅太頑劣。但女兒的怨恨終在一次父親探望自己的動人情景中化解。文末生動的比喻，頗得魯迅「知否興風狂嘯者，回眸時看小於菟」詩句的神韻。人間再兇惡的父親也有親情。本文正是鐵漢柔情的精采寫照。

笑個不停

●陳贊一

我的兒子跟我的母親玩得開心。

我的母親跟我的兒子玩得同樣很開心。

笑聲。洋溢着整所房子。

我對母親笑着說：「孫子娶新婦時，你一定更開心的了。」

母親平靜地說：「我一定等不到那天了。」

我說：「怎會呢？當你有八、九十歲，你就會看見孫子娶新婦，八、九十歲的人比比皆是啊！」

母親沒有回應，繼續跟我未滿週歲的兒子玩下去。

母親沒有說話，我也沒有說話，其實大家都知道要活到八、九十歲，也不是一件容易的事，就算她活到八、九十歲，看到孫子娶新婦，也很難看到我的孫子娶新婦，她終有一天會離開世界。

兒子的誕生，印證着父母漸趨成熟，可是孫子的誕生，卻印證着祖父母的一代快要過去，當孫子漸漸淡入人生的時候，正是祖父母悄悄退出人生的時刻了，這是最自然不過的事，然而，儘管是自然的事，卻帶給人淡淡的悲哀，悲哀的是人要離開這個世界，悲哀的是人沒有能力阻止自己離開這個世界，這種悲哀是淡淡的，因為我們有長的時間去適應，而且每個人都必然會如此，沒有例外，所以沒有人會覺得自己不會死，人們只會儘量接受和適應這條自然定律。

兒子每天都學到很多東西，進步神速，我想，他有無限的機會，他有燦爛的前途，未來的世界是屬於他那一代的。

未來的世界是屬於他那一代。當世界屬於他那一代的時候，我這一代已經開始淡出世界舞台，當兒子發覺他的兒子是未來世界的主人翁時，我想，我也會覺得自己不一定有機會喝我孫子的喜酒，正如我母親一樣。

一代接替一代，孫子那一代進入的時候就是父母那一代退出的時刻，這是最自然不過的事，然而，儘管是自然的事，卻帶給人淡淡的悲哀，能夠對抗這悲哀的方法就是像我母親一樣：擁抱着孫兒，跟他玩得笑個不停。

【小賞】從祖孫一塊兒玩且笑個不停寫起，引發對人類繁衍不息、老幼關係變化的人生思考。作者想強調的是死亡是自然不過的事，不必過度憂慮和傷悲，最重要的是珍惜相處時，讓「笑聲」「洋溢着整所房子」。

那臨別的一瞬

●章萍萍

人世間最傷痛的莫過於生離死別了。

我和父親已經永遠不能相見。一九六〇年四月二十日丹絨不祿碼頭上那臨別的一瞬，竟成了曠古悲哀的永訣，從此定格在記憶的熒屏上：

我忘不了，父親那一臉悽然的和近似呆滯的目光，把我的心整個地揉碎了！真想跑去擁別父親，告訴他一聲，過去我如何的不懂事，現在我不再恨他了。然而，被持槍的憲兵擋着，咫尺之間，竟不能再有所表示。

自我記事起，父親在我幼小的心靈裏，是一座冷漠的山、一條摸不清底的河。他對我的啟蒙就是「……吃不言，睡不語，笑不露齒……」一套自編的「三字經」。我羨慕我的女伴可以撒嬌耍賴，而我不能。我在父親的面前，只能是一隻擔驚受怕的小貓。

父親這樣做自然有他的道理，「女子無才便是德嘛！」早年在福建老家唸過幾年書的父親沒有忘記這條古訓。對我這個女兒，他認為早晚是「潑出去的水」，因而「無心插柳」了。直至有一天，見到我的文章上了報，這才開始對我刮目拭看。每每見我挑燈寫寫畫畫，他總要踱到跟前指指點點。自作聰明的我，總覺得父親有點迂。然而，我得承認父親確是寫得一手龍飛鳳舞的毛筆字。到了蟹形文字的國度，他身傳言教，不許後代忘了「根」。除了學校規定的「寫大字」之外，父親還要我每日臨摹柳帖。姿勢稍不端正，點、撇、捺沒有勾好，那雞毛帚冷不丁從天而降，於是我只有雪雪呼痛的份兒。也不知痛過多少回，我終於捧回書法比賽的獎品回來，方見父親那「一」字型的嘴角，微微有了笑意。他淡淡地說：「這是應該的，中國人理應寫好中國字嘛。」

就是這種扯不斷的中國情愫，致使平日並不怎麼留意我的生活的父親，在接到通知，我被遴選為向中國代表團獻花的印尼華僑學校的兒童代表之一時，忽然變得熱心和忙碌起來。他竟不要母親插手，更不用女僕幫手，自己動手將我的衣裙、蝴蝶結，熨了一遍又一遍，白鞋粉上了一層又一層；臨出門時，還塞給我比平日多得多的零錢。當華文報和《覺醒週刊》封面刊登我們和中國代表團的合影時，我看到父親從沒有過的燦爛笑容。那兩次的獻花，無疑是他最風光的時刻，簡直比中了彩票還要得意。他一反平素的冷漠，侃侃講述他當年的如何飄洋過海，在異國他鄉從廚師、報人到廣告工藝、銀行……的艱難創業歷程。我從他快樂的聲調裏感染到他內心燃燒的情感，他渴望年老的時候回歸故土，畫家鄉的山山水水……。父親抬起了頭，那圓圓的金絲鏡框後面的眼睛居然亮了起來，彷彿在幻景裏看到向他敞開的天堂……。

然而，遺憾的是父親沒能走到他理想的天堂。就在我回國的第二年，一封夾着孝布的信帶來了父親猝逝的噩耗，我頓時癱倒在女生宿舍的牀榻上！這以後的孤獨、憂慮和痛苦的日子，我只能在回憶中尋找父親的影子和慰安。那臨別的一瞬，則成了我冶煉生活之礦的火焰。

【小賞】生離有時與死別無異。許多華人子女與父母的生離，就成了永訣。本文典型地寫到這情況，並由此觸動了回憶之河。從作者對父親的描述中，我們感到他決非是「冷漠的山」，而是滾動着熾熱岩漿的活火山，內心燃燒的情感之火，只在適當時候噴發。

榴槤，荔枝

●華莎

榴槤和荔枝都是我極喜愛的水果，之所以喜愛，除了它們的美味，還因為它們聯繫着有關爸爸的記憶。

爸爸應是最早的那一代華僑了，他是在二十世紀初葉，國內軍閥混戰的年代就到南洋去的。那時他剛剛成年，揀了個餅乾盒子，裝上幾套內衣褲，就孤零零地飄洋過海找生活去。一個鄉親收留了他，從此他就在新加坡這個島落戶了。

爸爸人在番邦落了戶，心可一直沒落戶，還是我長大後才慢慢體會出來的。那時我不明白爸爸為甚麼不吃那美味榴槤，我常纏着他，要他和大家一起吃榴槤。他總是皺着眉說：「榴槤有甚麼好吃？那是三寶太監的大便！貓屎臭！唐山的荔枝才好吃呢！爸最愛吃荔枝了，等你長大，爸帶你回唐山吃荔枝去！」

小島上的人說：唐山客來到這裏，最重要學會吃榴槤，一吃上榴槤，就會「流連」忘返，再不依戀唐山了。我當時自然還沒有這樣複雜的思想，會為消弭爸爸的鄉愁而要他吃榴槤；我不過眷愛爸爸，想與他分甘同味罷了。至於爸爸到底是因為不喜歡榴槤的氣味，或是因為依戀故園而始終不吃榴槤呢？那我就不得而知了。

爸爸還努力以荔枝來抗衡榴槤。他教我唱那首兒歌：「點蟲蟲，蟲蟲飛，飛去荔枝基，荔枝熟，摘滿一包袱，荔枝生，摘滿盎。」他又繪影繪聲地描述：「春天來到，荔枝就開花了。荔枝樹矮，枝葉婆婆，整齊地立在荔枝基上，就像一排排綴着小白花的綠傘。最早成熟的叫『三月紅』。荔枝一紅，荔枝基就熱鬧了。小孩們一有空就溜到荔枝基去，躲在荔枝樹下，不敢偷摘，只仰頭去咬，咬開一顆，那荔枝汁沿嘴角直流，荔枝肉就包進嘴裏了，真香，真甜啊！」

「不，荔枝鹹鹹的，不香，不甜，沒有榴槤好吃。」我在爸爸懷裏撒嬌說。

「傻孩子，那是鹽水荔枝！荔枝不經放，運來南洋只有用鹽水泡着保存，那用鹽水泡脹了的玩意還能算是荔枝麼？唉，可惜你沒吃過真正的荔枝！」爸爸撫着我的頭，嘆氣了。

我無法領略荔枝的美味，但我隱約感受到爸爸的鄉愁。爸爸的語氣給我留下深刻印象，他用這語氣描述的景象也令我神馳。我多次在夢中重現荔枝基上的情景：小朋友們笑語聲喧，我悄悄仰頭，咬開一顆荔枝……

爸爸最大的人生願望，是帶着一家人，回廣東新會的老家去，讓我們看看故園，嘗嘗那真正的荔枝。可惜爸爸並沒有盼到這一天，到他有條件回鄉時，國內繼八年抗戰又是三年內戰，兵荒馬亂，無法成行。爸爸卻因在人生道路上披荊斬棘，過早耗盡了自己，終於英年早逝，抱恨長眠在熱帶小島的榴槤樹下了。

我長大成人之後，帶着兒時的夢，踏足故園，終於嘗到了爸爸最愛吃的、又香又甜的荔枝。可惜與榴槤一樣，我終此一生，都註定無法與爸爸分甘同味了。

【小賞】以榴槤和荔枝兩種頗有地域色彩的代表性水果，暗寓對兩個故鄉的感情；父女之間對此亦有着微妙的差異。箇中情味，頗堪咀嚼。

寒風吹在臉上像刀割

●劉以鬯

一九四一年十二月八日，太平洋戰爭爆發，日寇的坦克在南京路上疾馳，「孤島」陸沉。

陸沉後的「孤島」，傳說很多，其中之一：敵人將抽壯丁。

年老多病的父親對我說：

「到重慶去吧。」

我望望站在牀邊的母親。

母親皺緊眉頭，默不作聲。

我對躺在牀上的父親呆望片刻，說了兩個字：「好的。」

父親說：「你單獨一個人到遙遠的重慶去。有許多困難需要克服。我會寫四封信給你帶去：一封給寧波的老曾、一封給寧海的劉祖漢先生、一封給龍泉的徐聖禪先生、一封給贛縣的楊先生。他們都是我的好朋友，你有困難，他們一定會幫你解決。」

經過一番靜默後，久病瘦弱的父親用微抖的聲調，加上這麼兩句：

「你哥哥在重慶，到達重慶後生活不會有問題。」

我點點頭。

事情就這樣決定。

上海的情況一天比一天差，人心惶惶，像我這樣的年輕人，越快離開越好。父親如惔如焚，托朋友到船公司去買一張到寧波去的船票。拿到船票後，父親對我說：

「到了寧波，拿我的信去找老曾。我任浙江海關監督時，老曾在署內擔任秘書的工作。寧波淪陷後，他沒有離開。你去找他，他一定會給你安排住宿與交通工具，幫助你通過封鎖線，到達自由區寧海。」

這天晚上，母親替我收拾行李。我有很多東西需要帶，卻又不能攜帶太多的東西。我力氣小，衹能帶一隻不大不小，可以用手提得起的皮箱。母親將應該攜帶的衣服整聚在皮箱時，內心充滿矛盾：起先，恨不得將所有的東西都塞在皮箱裏；發現箱蓋無法合攏時，不得不將部分衣物取出。過多的東西拿出後，又怕我需要用時拿不到要用的東西，於是又塞了不少。塞得過多，皮箱的重量增加，又怕我拎不動。

第二天，吃過早點，我走去向臥病在牀的父親辭別。父親表情很嚴肅，睜大眼睛望着我，沉吟片晌，抖聲說：「今後你要自己照顧自己了。」語音未完，咳得上氣不接下氣。我立即坐在牀沿，用手按摩他的胸口。他吐出一口濃痰後，用抖巍巍的手一揮，嘆息似的說了一句：「走吧。」我站起，一邊控制自己不讓淚水流出；一邊說：「爹，你要保重。」他點點頭，用手掌掩蓋眼睛。我在母親的幫助下，提着皮箱下樓，走出家門。

天色陰暗，寒風吹在臉上像刀割。黃包車很少，等了十幾分鐘才偃到。跟車夫講定車價後，我上車，母親將皮箱放在車上，我用兩腿夾住。黃包車夫抬起車槓，邁開腳步。母親先將一捲鈔票塞入我的衣袋；然後緊握我手，跟着黃包車在人行道上奔跑。

「阿媽，」我說，「回去吧！」

車夫逐漸加快腳步，母親不得不鬆手。車夫將車子沿着膠州路朝愛文義路拉去。拉了一段路，我回過頭去觀看，母親依舊站在人行道上，向我揮手。

車夫繼續跑了幾十步，我回頭觀看，母親依舊站在人行道上，向我揮手。

車夫繼續跑了幾十步，我回頭觀看，母親依舊站在人行道上，向我揮手。

車夫繼續跑了幾十步，我回頭觀看，母親依舊站在人行道上，向我揮手。

車夫繼續跑了幾十步，我回頭觀看，母親依舊站在人行道上，向我揮手。

車夫將車子拉到愛文義路口，轉彎。我趁此側過臉去眺望，母親依舊站在人行道上，向我揮手。

離情別緒湧上心頭，淚水奪眶而出。我低聲自言自語：「再見，阿媽！」

車子轉入愛文義路，我見不到母親了。北風獵獵，刺入膚肌，我卻一點也不覺得冷。父母的慈愛像火爐發出的溫暖，使我有能力抵禦寒冷的侵襲。

【小賞】戰爭歲月裏有多少人家破人亡？妻離子散？本文除了細緻具體地描寫了雙親為避免兒子被抽壯丁，為他擔憂、安排逃難之路、為他收拾行李的情景之外，最引人注目之處是將母親站在人行道上向「我」揮手的句子重複了五次，使這離別情景鮮明如昨，凝結成永恆不滅的母愛動人圖畫，烙印在我們心中。

老爸腦子裏還記得這個名字

●駱賓路

在外頭浪蕩了二十五年之後，我於一九八一年春節重回新加坡時，老爸爸因糖尿病，不但雙目已經失明，人也癡獃了。

「老人家現在甚麼也記不起來了。」由機場回家的路上，大姐對我說。我離家時，老爸爸五十出頭，身子爽朗。而今年逾古稀，臥病在牀，雙目失明。我本已懷疑，見了面，光憑聲音，老人家還能辨別出我這個離家二十五年的遊子嗎？如今，聽大姐這麼說，我心想，老人家準是辨認不出我是誰了。這樣的見面。能不叫人心酸？

一路上，我沒敢多問大姐，老爸爸的記憶是否衰退到等於零？

到家時，已是萬家燈火。老媽媽戴着一頭銀髮，坐在客廳裏。

我放下行李，叫了一聲：「媽！」老媽媽很堅強，沒掉一顆眼淚，看了我一眼，深沉地說了一句：「你回來啦！」接着，她引我進老爸爸的睡房，我們把老爸爸扶起來，坐在牀沿。老媽媽在老爸爸耳邊說出我的名字：「阿二回來啦。」

老爸爸隨口應了一聲「回來啦」。老媽媽又一次唸了我的名字，問老爸爸可知是誰。老爸爸想了一陣答道：「我的兒子。」

我伸過手去握他老人家的手：「爸爸，我回來啦。」

「你回來啦，」他摸了一陣說道，「這手起繭。你從很遠回來！」「從香港回來，」我說。「哦，從香港回來。」

之後，老爸爸就像甚麼也記不起來。我逗他說話，他也沒回答。

老媽媽示意讓我退出睡房。我鬆開手時，老爸爸又說了一句。「是我的兒子。」老媽媽嘆口氣，「他只記得每一個子女的名字，若是問他別的，十問九不知。」

我借故躲進洗手間，拉響抽水馬桶，掩蓋湧出來的哭聲。

【小賞】是時代的錯誤，抑或人生不可捉摸的命運？二十五年的離情別緒，蘊含多少遊子魂的無寄和無告？已經癡呆的老父大部分事情已記不得了，「只記得每一個子女的名字」，因為子女是父母一生的最重要心血作品！平淡的文字有激情的暗湧，沒寫出的比寫出的更多，發人深省。

揮淚重逢

●譚帝森

那是文化大革命末期的一九七六年，我們「兵分兩路」——老父親從馬來西亞北上，我與妻子兒女一家五口從大西北邊疆南下，彼此相聚於廣州。這是我一九五一年回國後和父親首次重逢。

雖說是父子，但經過幾十年的變遷，我們彼此不只國籍不同，身分處境，思想情感，生活習慣等都有諸多歧異，會面能否帶來重聚天倫之樂，只好聽任老天安排了。多少年來，盼望有重逢的一天；這一天行將到來，卻是忐忑不安。

父親年輕時隻身飄洋過海到南洋謀生，我虛齡三歲也隨母親南下。三十六行，父親不知幹過多少行了，後來一直當機器工人，靠微薄的收入養活全家。

出頭的機會似乎真的到來了，他與兩位同鄉研製成功吉隆坡第一輛三輪車，並連續安裝了幾輛，親自踩着在市內行走，許多乘客都樂意試這新鮮玩意。偏偏這新事物生不逢時，吉隆坡正值淪陷年代，三輪車的創造帶來的不是專利權，而是父親被日寇醉兵一頓毒打。

我回國時，父親的順景剛剛到來，他成了一間小機器廠的股東，後來聽說他們拆了股，父親另立門戶，獨資經營。

沒想到第一次晤面就那麼不順利。那時海外歸客本都住在華僑大廈，他卻住在三元里，原因是華僑大廈局部裝修。大概是因為文革的特殊期吧，華僑大廈的服務也降到了空前的水平。連續幾天該大廈服務員回答我的詢問，都說住客名單中沒有我父親的名字，又隻字不提有歸客暫住三元里的事。直到父親情急，逕直搬到人民南路——一家旅店，我們父子才見得一面。

知道父親行止後，我逕奔旅店，父親外出午餐，我只好坐在大廳裏發呆。

「同志，我的兒子譚帝森來了沒有？」

服務台傳來熟稔的聲音，我飛奔過來。

父親馬上擁抱着闊別了四分之一個世紀的兒子，竟像小孩般揮淚痛哭起來，是傷心還是狂喜，真是難以說清了。

哭聲在大廳裏振蕩，吸引了進出大廳人們不解和好奇的目光，我們成了眾人注目的焦點了。

「從來沒有見過一個男人哭得那麼淒涼。」一個服務員帶着驚詫和同情的語氣說。

陪同父親回國的勞叔和小李向服務員解釋父親落淚原因。我勸父親別難過，並扶着他進入客房。

父親已變得老態龍鍾，雙手也有些顫抖了，這並不出我意外。意外的是他的雙眼弱視到幾近失明，據說帶給我的大包大包行李，過關時都是把鑰匙交給關員開鎖檢查的。運送行李則是靠小李幫忙。

這是我和父親久別重逢的情景，當然緊接着全家人都和他見面了。我們的會晤，麻煩了許多親友，直到現在想起來還於心不安。

如今，父親已經辭世，但我仍常常想起那次見面。

【小賞】男人有淚不輕彈，只因未到傷心處。本文雖只寫重逢的片刻情景，但二十五年的闊別絕非短暫的日子。多少困苦、多少甜酸苦辣、狂風暴雨父親都咬咬牙闖過來了，硬是頂天立地的錚錚男子漢！唯獨壓抑不住久別重逢後的激動，像小孩般揮淚痛哭，這一哭，可說強忍了四分之一世紀之久。

一路平安

●蘭心

生離／是朦朧的月日

死別／是憔悴的落花　　　　——冰心

父親輕叩了那扇小小的門，一個年輕女子應聲開了門。

房間亦是小小的，一張棕色的桌子，一具黑色的老式的電話。桌上堆着一疊表格，看來，她正在抄寫甚麼。

父親客氣地向她問好，指着我說：「這是我的女兒。」

她點點頭：「今天安葬嗎？」

父親和我亦點點頭。

我捧着一束昨日從城裏的酒店買來的花束，問她：「有地方擺放鮮花嗎？」她搖搖頭，似乎詫異我的問題：「沒有，但你可買瓷花。」

母親生前喜歡淡黃色，還是淺粉紅色，我好像不大清楚。但放在骨灰盒前的遺照，是那年春天她在頤和園照的，背景是平滑如鏡的昆明湖和一簇粉紅色的桃花。

於是，買了兩盆淺粉紅的瓷花。

潔白的大理石骨灰盒上，覆着一塊鑲着金黃色流蘇的紅緞，抱在手裏，沉甸甸的。

謝過了年輕的女辦事員，我們緩緩地沿着石子路向前走去。

穿過石子路，是一條短短的走廊，與沿着山腳、另一條長長的走廊，呈T字形排列；走廊的側面被封死了，鑄好了一個個穴，是用來擺放骨灰的。

香港的墳場，我沒去過：遠遠地，曾遙望過香港仔墓地，大概是臨海而建，它有一種居高臨下之勢。而北京西郊的這片萬安公墓，沒有海水的呼嘯，卻隱藏在蒼松翠柏中，只有風兒無聲地掠過，寂靜中，凝結成一種淒涼深沉的悲哀。

墓地工人騎着自行車來了，後座上駝着雲石墓碑，上面鐫刻着父親的題字，那字語令心房無比痛徹；而母親的頭像經過冶煉，深沉得恰如另一個世界的人。

將骨灰盒上的微塵輕輕拭去，把瓷花放在兩旁，向母親的遺像深深致意。墓地工人將墓碑鑲上去，用水泥封住。從此，千秋萬代，母親就安息在這裏了。

難道，安葬一個人的肉體，竟是如此輕而易舉？靈魂，她的靈魂安息了嗎？誰能知道，去世前一個月，她已不能說話，她必有許多未償的心願吧？

我捧着鮮花，默默地佇立在墓前，臉上滴着無言的淚水。

母親，您就這樣走了，沒有一句遺言，沒有一絲埋怨。這小小的骨灰盒就這樣，埋葬了您，埋葬了悲涼的歲月，埋葬了風風雨雨的一生。

也許，母親是喜愛青山的，要不，她怎會深深地依戀那山邊的土地；也許，她是喜愛綠樹的，要不，她怎會流連在那萬綠叢中；也許，她更是喜愛輕風的，要不，她怎會靜靜地傾聽風的絮語？也許，在永恆的大自然中，她是不會再感受到寂寞了。

不知何時，大空飄灑起斜斜的細雨，我們默默地沿原路回去，把母親單獨留了下來，與那山、樹，和永不停歇的風相伴。

【小賞】可與《永恆的寂寞》對照來讀。同是藉寫墓園場景而懷念逝者，但前者在南洋，本文所寫的是北國，拜祭的是母親。文字細緻，感情深沉，更多的是女性的敏銳感覺，並為初下葬的亡母祝願一路平安。至於那悲哀的調子則一，畢竟，死別是一種痛苦的體驗。

不死的爸爸

●嚴吳嬋霞

爸爸是在父親節去世的。快二十年了，卻好像從來沒發生過一樣，因為爸爸一直在我心裏活着。

從小與爸爸聚少離多。他一天工作十多小時，早上六時多起牀，匆匆出門，我們小孩子們在夢中，晚上不過十時回不到家，我們小孩子又早已上牀睡着了。

等到我上了中學，功課漸多，晚上常常熬夜，反而與爸爸見面的時間多起來。因為晚睡，候門和燒澡水的差事便落在我身上。每天晚上，我一邊伏案讀寫，一邊側耳傾聽爸爸上樓梯的聲音。他不徐不疾的腳步聲，平穩有致地響在木樓梯上，我一聽便辨認出來，在心中默數着，趕在二十四響之前把大門輕輕打開，爸爸便出現在我的眼前了。「百厭女，怎麼還不睡覺？」爸爸粗糙的手掌，輕輕地，溫柔地拍打我的臉頰，無限愛憐地說。

爸爸總是喜歡暱稱子女「百厭仔」、「百厭女」，雖然在他的心目中，我們都是天底下最乖巧的孩子。大弟天性好動頑皮，常常惹媽媽生氣，任憑媽媽怎樣告狀，爸爸總是不動氣地告誡弟弟說：「百厭仔，要乖乖聽媽媽話啊！」說也奇怪，爸爸不慍不怒地說話，往往奏效，弟弟聽了，便乖乖地安靜下來。

直到今天，我仍認為爸爸是世界上最溫柔和最善良的男人。在他那個生活逼人的年代，他盡了最大的努力，任勞任怨，肩負養妻兒的責任，而且還是十口之家呢，他這個不輕的擔子，是我隨着年紀漸長才體會到的。比起我的許多小同窗，我的童年是幸福得教他們艷羨，可不是嗎？我有全職的媽媽，吃得飽，穿得暖，還有一個會賺錢養家的爸爸！

我和爸爸說話不多，他默默地看着我長大，我默默地看着他老邁。我想，我們這段父女情，一如地下靜水，細水長流，涓涓不息，都盡在不言中。

最後一次看見爸爸，是與他機場話別，我要出國留學和結婚了。在親友的握手、擁抱、叮嚀、祝福中，我覺察到爸爸獨坐一隅，黯然神傷。我知道：我長大了，我要展翅高飛，離開爸爸，過我自己的生活。我知道爸爸知道：他從此失去他疼愛的嬌女兒了。但我不知道，機場一別，我再也看不到我最親愛的爸爸了。

爸爸的死訊傳來，是父親節的早上，他死於癌病，是意料中事，我因簽證問題，來不及回家奔喪。我竟出奇地平靜，因為腦海中閃過的，盡是爸爸生前慈愛的樣子，我向天遙祭，說：好爸爸不會死的！

【小賞】淡淡的行文，抒寫了形淡內醇的父女情。文中的好爸爸盡職、溫柔而善良，以致在作者心目中成了不死的象徵，因為好爸爸不會死的。這份美好的記憶便成了永恆的記憶，伴着作者的一生。

不滅的記憶

●古劍

病臥牀上，臥成不見源頭，不窮去處的河牀。時間的流水，無聲，流動成大理石波紋，浮溺如留不住的白紗，緩緩從河牀滑過……

蟬聲如浪。無邊的熱帶原始森林裏，散落着簡陋的高腳亞答屋。棲息着逃避日寇鐵蹄的難民。

老年人和婦女墾荒，種植粗生的木薯、番薯。精壯的老人，沒入莽莽林海，尋獵藉以維生的野獸。

蟬聲如浪，人居的寮屋裏沒有人聲。

樹枝與茅草搭就的牀上，臥着傷員，他在一次與日寇的戰鬥中傷了腿。鹽水和青草是療傷的唯一的藥物。

每餐領回來的都是水煮木薯稀粥，偶爾，有一兩回的木薯粥裏，也會飄浮着幾顆米粒。家人小心翼翼地撈在碗裏，端到他的牀前。他總把那如珍如寶的幾顆米粒木薯湯，推到我手中，逼我喝下。他是這樣把生命和愛注入我的生命。

無藥無糧，年青的生命，變成了熱帶森林中的一抔黃土。蟬聲是他的哀樂。綠林是他陵墓，我的生父就這樣走了。那時我還不懂生與死意味着甚麼。我想，那時我沒有哭泣。

即使時間磨蝕的面影，他也沒給我留下。留下只是他腫得粗大發亮的傷腿，我只記得那抔黃土上，倒插着一個綠色的玻璃瓶子。那就是他一個戰士的墓碑了。

山明水秀，綠樹叢叢的山嶺，一幢墓塚的六樓，有一方尺許的墓碑，碑上那張照片上的雙眼，悵然望着山腰的綠樹、綠樹外那灣湛藍的大海，似在回憶昔日海上多風的航程，又似尋找身後還鄉的歸路。

在醫院的病榻上，每天下班後我去看他，他總艱難地移動着插了導管的手，伸過來握住我的手，直到我離去。每次離去，他都只一句話：「你要注意自己的身體！」

讀高中我已是個大孩子了。冬天晚上玩累了回來，就想跳上牀睡覺，他便端來一盆熱水，擰乾了毛巾讓我擦臉，再把我的雙腿浸在臉盆裏，替我洗去汗臭和污穢，用毛巾擦乾。

有一年我的好友，家庭發生變故。生活瀕臨絕境，他拿了幾十元錢給我，教我趕快送去，還叮囑我：「你記住，以後都不要他還。」

那年，廈門遭到十二級颱風襲擊，海堤告急。他投入日夜無眠無休的搶修，昏倒在颱風的雨夜中。生命險些離他而去，幾經搶救，他從醫院出來，已不能再執教鞭了。

這是我養父。他也是從戰火中的森林裏走出來的。他把愛和關懷注入我的血管裏。

養父比生父幸運多了，在這島隅，他有一方望海的墓碑。但他最後的遺囑是：將來把他與最疼他的祖母葬在一起。在家鄉。

飄泊的靈魂，只有在母親的懷抱裏才能安息吧……

【小賞】生父和養父，都為人民的事業捐軀，都死得悲壯，都給作者以不可磨滅的深刻影響。他們值得寫的事跡很多，但本文只截取幾個重要的橫截面，以相當精煉、冷靜的筆觸寫之。這種寫法，選材的手段必須很高明，一旦焦距準確，文章就會有震撼人心的力量。

父親的菜地

●吳建芳

我總覺得父親愛菜地勝過愛我們。

其實父親沒當過幾天農民，十幾歲就當兵，扛炮彈拿槍的日子比捏鋤頭時間長得多，這以後一直在大城市，過去我沒發現父親愛種地（也無地可種）。

父親退休後，房子分在郊區，那是一片菜農的天下，我們嫌交通不方便仍住在原地。父親就一人去了，我們注意一向愛熱鬧，喜歡高聲唱歌大發脾氣的父親竟能耐得住一個人的寂寞，大有樂不思蜀的樣子。我們幾次去看望，他都不在家，才發現他把附近一塊荒地平整成幾哇菜田。菜地在鐵路邊，父親幾乎每天都到那裏去，扛把鋤頭，挎個水壺，帶着乾糧，累了就在道旁休息，吃着自帶的乾糧喝口水，看着一輛輛火車飛馳而過，顯出很高興的樣子。父親退休已有一段日子，心情總是不佳，本來就不太好的脾氣更加暴躁，沒想到如今完全變了一個人，提起菜地，他就高興得像個孩子。看着年已六十的父親挑着滿桶糞尿在驕陽下吃力地行走，我們都勸他「何苦」，可他卻是滿臉樂呵呵的，我們也只好隨他。

本以為父親種菜是調劑生活，消磨時光，沒想到父親的地越挖越多，菜也越種越豐，幾乎包括了所有蔬菜，連豆角這種要搭架的也有，搭的架還似模似樣。父親的爸爸是知名的老中醫，雖然日子很富裕，卻沒有多少土地。父親七歲時，抽鴉片的爺爺因為國民黨禁煙而死，家道便逐漸沒落直至一貧如洗。現在父親一下子有了這大片的土地，他真有了大地主的驕傲，父親幾乎成了職業菜農，每天從早到晚，比上班時還忙。只是他技術欠佳，常有一些菜會死掉，於是他只好重新種上，每天繁忙得很。父親種的菜除供應我們，還有很多送給院裏需要的人，每天傍晚，院子裏都很熱鬧，滿臉流汗的父親大聲與人們打着招呼，把一扎扎的新鮮蔬菜送給他們，看到人們高興地一起分享他的成果，父親的大嗓門笑得更加響亮，他得到了最大滿足。

這以後父親又買了幾十隻小雞小鴨，每天下地回來就餵雞喚鴨，需常忙得顧不上吃飯。我每次去父親那裏，看着滿地的雞屎，聽到嘈雜的嘰嘰喳喳，簡直不能理解父親何以忍受？據外婆說我們小時候父親幾乎沒有抱過我們，如今子孫滿堂卻怕孫子吵，何以對這滿院子的嘈雜開心？父親的雞鴨常常病死，然後他又買了來再養，看着父親這樣忙碌，可是雞鴨總是小的多，大的少，我覺得挺好笑的。

父親曾有過輝煌的日子，在戰爭中多次立功，工作就是他的一切，我記憶中父親幾乎沒有做過家務。沒想到現在當起「老農」，幹「家務」這麼上勁。

雖然哥哥弟弟未去過父親的菜地，但我們兄妹都能理解他。

只是聽說因修路，父親的菜地就要被沒收了。

【小賞】可與非林《遺產》參照齊讀。《遺產》中的母親因土地遭冤含屈，蒙罪受難；本文的父親退休後如癡如醉，戀上土地，以度晚年。土地與人的愛恨情結，竟如此不同，也許繫於時代和背景有異。本文兒女滿心諒解着父親，因為與土地打交道其樂無窮，成了他的最愛。

願母親平凡下去

●林中英

忘記了是哪位名家所寫的，她的母親是書香世家的閨秀，乃至出嫁生兒女之後，仍是溫柔嫻雅。不沾家事的她，有着一雙極其白皙、柔軟的手。可是一天，她看到一條極其醜陋的毛蟲落到孩子的身上了，嬌怯怯的她顧不得恐懼，連忙伸手把毛蟲撥下打死。

一雙高貴的玉手，一條醜惡的毛蟲，在作家心中留下震撼的一幕，興起了對母親偉人慈愛的讚嘆。

我不期然地想起了自己的母親。她的一雙手在我小時候並沒有給我留下一樁半件的特別故事。

我母親十七歲便「胡裏胡塗」地出嫁了，此後便是一股勁地忙着生育，一雙手摸過灶間後，便插在一大盆髒衣服裏，接着又是餵奶，又是替孩子洗澡……這雙手爽快利落，她的手還可騰出來繡花、打毛衣、綴百家被、縫衣裳。我的母親的強，使我覺得她的一切勞作都是理所當然。風雨前夕，甲甴在頭頂上飛越，嚇得我雙手抱着頭、縮着脖子，在屋子裏由這邊逃到那邊，由那裏躲到這頭。可我母親不知用甚麼辦法把甲甴一下攫在手裏，拿給雞吃，把雞餵得胖大胖大。母親這麼強，連她捉住比毛蟲醜惡十倍的甲甴，我也覺得輕鬆平常，沒有震撼。

曾看夢子文章，提及她的母親教她怎樣描寫老黃牛，真的滿心羨慕，倘若我母親當年能諄諄教我怎樣描寫老黃牛，今天我定能刻劃出一頭高水平的老黃牛來。可母親沒有教我看過天上的星星，沒有說過古老遙遠的故事，沒有小明小強，也沒有小白兔小山羊。她在為家事煩惱的時候，連孩子的笑聲也覺得是妨礙。最記得她厲聲說：「不許笑！還笑？」豈知不讓笑時更加忍不住笑，一個個的嘴巴抿成一條線，在口腔裏含着一股氣，「咕咕咕」、「咭咭咭」，祖父在旁說：「水浸老鼠竇啦。」

小時，我覺得母親最可親的時候，便是在我生病之後。我患的多是感冒，她沒有帶我看醫生，到中醫店抓一帖「九味茶」或「廿四味」回來煎，在我嘔吐幾回盡了那碗藥後，她便來問我想吃甚麼，是「孖水」（粗麵條）、是白花番薯湯還是桂花粉？這是我唯一可以「點菜」的機會了，即使我一時想不出應該怎樣大大地吃些甚麼，她仍是出奇地溫和。

小時候，我總覺得母親愛得我們不夠，現在我當然知道是因為太操勞之故，她的愛化作強大，應付生活的一切，令她不能溫柔細緻。不過，至今我仍認為她只是個平凡母親，在內在外，都沒有大事業、大舉動。不是說多難時節出英雄嗎？偉大的培養土是磨難與不幸。故我祈望母親一如以往平凡下去，我不希望已有點年紀的她再承擔些甚麼。

【小賞】文中的母親十分勞累，這種勞累伴隨了她一生；她對子女的愛「化作強大，應付生活的一切」。這是她的無怨、無悔、無償的奉獻。作者滿心欽佩。也充滿體諒，不希望她「再承擔些甚麼」，因此「祈望母親，如以往平凡下去」——這是子女一種極深刻的愛。

九七母親和我們有個約會

●於瓊

回美國的機票到期，母親要與我們離別了。

一個月來和母親朝夕相處的溫馨令我神往，也很惆悵：要是我能擁有自己的蝸牛殼的話，我便請母親留在香港和我們一起生活，無奈現時月繳房租佔了我家收入的一大半，母親不忍讓我們增壓，即使親子離多聚少，居港期限到了，只得回美國去。

到機場送行的親友，祝福她老人家健康長壽，歡迎她不久再蒞香港。

臨了，母親揮手笑道：九七年再見！

母親對九七回歸有一份深情，雖近九旬高齡，卻自信健康尚能支撐到九七，回來見證香港主權回歸祖國的歷史時刻。母親在近十數年間先後做過多次大手術，諸如做眼睛移植以及把子宮、左腎、膽、部分爛胃等切割，化險為夷；年來，她參加了當地華裔老人中心活動，熱忱義工服務，更顯精神煥發，老而彌健。

一九〇九年母親出生在香港一個勞工家庭，稍長，被一同鄉收為養女，僥倖在私塾裏讀過幾年四書等古文，有點文化和知道一些中國歷史。小時候，母親常以中庸之道教誨我們待人處事。

母親十八歲出嫁，總共生過十三個孩子，現有三女二男尚能活在人間。家窮，我們兄弟姐妹自幼分散在外地或讀或工。五十年代間，父親在出工時被電車撞死，母親領養着（在小學的）弟弟，孤寡無依，她便替人當傭工；六十年代移居美國，在唐人埠的車衣工場捱了近廿年才退休。

母親曾在香港生活了逾大半個世紀，見證在英殖民統治下港人遭受種種不平等待遇，生活十分困苦。二戰期間，日軍侵佔香港三年又八個月，港英政府成了縮頭烏龜，毫無反抗——港人備受日軍虜掠姦淫殘害，歷盡生離死別、家破人亡的災禍。其間，我們的家族也有數十親人或枉死在日軍的刀槍下，或因飢餓病死；母親也從日軍狂轟濫炸投下的彈雨中死裏逃生，迄今仍心有餘悸。

在美國，母親每日均讀報及收聽新聞報導，知道在近十六年內中國經過改革開放，已從經濟上算不上數的貧窮國家，一躍成為居於經濟前列的國家。她相信中國是會好起來的！中國好，香港一定也會好。

當今世界經濟不景，弟弟在美國失業多年，新近才找到工作；那幾年的窮愁潦倒，疏忽於對兒子的教養。他的三個男孩生在美國，接受美國的文化教育，也學了西方的價值觀。十五歲的阿大每當替家裏幹活，便要父母按時價付酬，不然即罷工；阿二阿三有樣學樣，弄得家無寧日，老嫲嫲見此黯然神傷。

母親目睹許多久居歐美的華裔後代，認同了西方的文化生活，數典忘祖。阿大年少求知慾強，嫲嫲時常和他們兄弟講有關中國的故事，小兄弟們於是對中國的事情感到興趣。母親決定於九七年暑期帶阿大回香港會親，隨後返鄉祭祖；希望阿大見識中國文化，學會做個有為的中國人。

【小賞】這位九十高齡的母親不簡單，不但身體健康多次化險為夷，且對自己的健康充滿自信；不但香港美國多次來去，且對中國文化有一份難得的執着，要孫子「返鄉祭祖」「學會做個有為的中國人」。文章深入淺出，以充分的事實塑造了一位令人難忘的明大理、識大局的老母親形象。

隔着距離望去……

●夢子

還在少年時，我已經獨立生活，所以，對父母的感情依賴在短短的十幾年便結束了。不過，隔着距離看父母，有時候比賴在身邊更能明白他們。

父親原是個平凡的人，但是，他白手起家，使一家五口的生活越過越好，於是，他變得不平凡起來。

父親出身清貧，卻為人慷慨，是個樂觀主義者，很健談，不管甚麼話題都能談得津津有味。有時父親去串門，母親總要叫我跟着去，因為父親有個「糯米屁股」，一坐下來就黏着，不願走。作父親的時鐘使我有機會常聽大人們談話，比較早的就知道些社會人生問題；雖然總是聽得很迷糊，依然很喜歡聽。後來自然是記不住都聽過些甚麼，但是，十四歲離開家門到外求學期間，在陌生的環境裏我一直不乏朋友，很少有孤獨的感覺；這時才知道父親的待友之道對我起了潛移默化的影響：朋友間的投契在於真誠相待。一個人有真誠的心，朋友會越來越多。

不過，父親待友的熱情有時也很過分，不但把別人的事當自己的事緊張，而且往往「皇帝不急太監急」的熱切；倘若好來好往，朋友們自然盛讚他的古道熱腸，萬一有誤會，也就嘗到好心不得好報的結果。然而，事後父親並不告誡我們：不要相信任何人，不要隨意幫助任何人。沒有，父親至今也不曾說過這樣的話，而他繼續的待別的朋友真情真意。我雖然也被朋友傷過心，但自己由始至終的真誠而心胸坦蕩，覺得快活終是歸於自己，這一刻我就很明白父親的性情。是的，不必去怨別人。一個人要怎麼做人才開心，完全在於自己。

當時有父親的寵愛，我覺得已經足夠，對母親的了解就比較遲。然而，我上小學的第一天便在課堂上嚎啕大哭，哭髒一桌的鼻涕，卻是為了不見站在窗外的母親的身影。那時候，母親於我是：沒有她，肚餓了沒人理，衣服鈕子掉了沒人縫，而且，要發小姐脾氣時沒人來受理。直到不在母親身邊了，才感覺她不僅僅扮演「女傭」的角色。

母親的出身倒是比父親要好許多，至少她生在大家族中，雖年幼喪母，卻得到外祖父母和姨嬸們的疼愛有加，因為，她是個又乖巧又堅強的孩子。母親嫁給父親後，便在苦水裏浸泡好一段日子，而她對於窮苦並沒有甚麼怨言；後來父親終有所成，母親也從不去管錢財的多少，她一心一意只喜歡做個妻子、做個母親，只不願做管家。

母親喜歡過平淡的日子，得閒時能讀幾本好書便很滿足了。所以，她雖天天在家裏煮飯燒菜，我卻覺得她更像個讀書人；尤其在我想出外讀書時，能任我闖蕩去，並沒有要把這個唯一的女兒綁在身邊的意思。當我站在另一端，遠遠地看母親時，我看見了她的不平凡。

所有的孩子都會覺得自己的父母不平凡。直至長大後才覺得身邊的一對老人家其實很平凡；然而，我願意永遠感覺他們不平凡，儘管他們像許多平凡的人一樣。

【小賞】題目甚有「不識廬山真面目，只緣身在此山中」的意味，所以要「隔着距離望去……」果然，作者只是寥寥幾筆，便簡潔地將父母不同的個性特點刻劃出來。樸實的記敘，隱隱透着對雙親的欣賞。

一個傳統的中國女人

●潘秋華

瘦瘦的個兒細細的腰，長長的臉兒尖尖的下巴，笑起來細瞇着眼，露出一臉的慈祥，鄉親們都喜歡叫她「細妹子」。

她，就是我的母親。她常年穿着唐裝衫褲，年青時愛穿有花點的，老年時愛穿灰色、黑色的。她外表看來柔弱，但卻有着中國婦女傳統的美德——勤儉、堅強、默默地承受各種困苦和打擊……

我的祖籍在廣東梅縣，幾十年前，當地農村流行着養童養媳的舊風俗。我媽媽就自小從黃塘被賣到我祖父家裏，給我父親當童養媳。她跟梅縣其他女孩子一樣，小時候也讀了一點書。

在她十多歲時，我的伯父和父親從南洋寄錢到家鄉建房子，媽媽就幫助挑挑擔擔。別看她個子小，百來斤擔子挑起來健步如飛。房子起後又大又好，媽媽也灑下了很多汗水。

到她十八九歲時，她和回國的父親結婚後跟他出洋到印尼。當時，父親和伯父在中爪哇一個小鎮開雜貨店，生意興隆，生活較好，媽媽生下了哥哥和我及一個弟弟。

可是，好景不常。一九四三年，當地掀起排華浪潮，歹徒亦乘機打家劫舍。我們整條街的華人商店被砸爛了，我們家的百貨商店當然亦不能倖免。當時，伯父目睹自己辛苦掙來的錢財被搶掠心有不甘，便起來奪回錢箱，結果被歹徒亂刀斬死。可憐伯父被斬後面目全非，僅從他的衣服來辨認屍身。當時我父親衝出來探個究竟，亦被歹徒追殺，他只好見井就跳，爸爸才倖免於死，但被浸得夠嗆。媽媽求人把他撈起，爸爸上來後半死不活，媽媽急忙灌下薑湯，拍打他的背脊。讓他把喝進的水吐掉，才慢慢好起來。爸媽和伯母帶著兩家的孩子及幾個夥計，逃難到三寶壠，在當地客屬公會幫助下，重起爐灶。

大劫之後，一切從頭開始。媽媽咬緊牙關，不吭一聲，與爸爸挑起了生活的重擔。為着省錢，媽媽經常煮粥、煮木薯、玉米等粗糧給兩家的小孩吃，既便宜又有營養。由於堅持胼手胝足，父親和伯母合作重開百貨店，生活又好轉起來。媽媽和父親當時很恩愛，有時拖兒帶女去看戲或逛街，我也感到很溫馨。

可是，幸福和溫馨是短暫的。不久，父親染上賭博的惡習並好賭成性，引起伯母的不滿，要求把店分掉。妯娌間的不和使母親焦慮，當時中國剛解放，母親向父親提出要回國，加上父親欠了一筆賭債，只好把店分掉，帶着全家回國，而我作為他的「掌上明珠」卻被寄養在雅加達堂舅家裏，為的是可免給人家當「童養媳」。父親在梅縣住了半年就重出印尼謀生，工作定居於雅加達。媽媽則從此在鄉間操勞，除了要帶大四個孩子外，還要務農。由於她的勤力，她曾被評為當地的「勞動模範」並擔任隊裏的倉庫保管員。

數年後，父親竟然不念舊情，在雅加達娶「二奶」，過着新的家庭生活。消息傳到梅縣。媽媽傷心痛哭。眼淚幾乎都流乾了，但她很快面對現實，「哳起心肝」做人，把精力放在教養孩子身上。養「二奶」的父親當然很少寄錢回鄉。媽媽只好獨當一面，默默地挑起生活重擔，同時更加注意節約。她種菜養魚（家門前有口魚塘）、打柴燒飯，樣樣能幹。她十分重視對孩子的教育，無論多辛苦都要供孩子讀書，因此，除了我小弟因「文革」浩劫無法讀完中學外，其他三兄弟都讀到高中或大學畢業。鄉親們提起媽媽就豎起拇指說「好！」應該評為「模範母親」。

我在高中畢業後由印尼回到中國升學、工作，後來曾和母親短暫住在一起，我出自對父親的不滿，曾「教唆」母親與父親離婚，但她卻一笑置之，說：「過去的事就讓它過去吧，時間可以沖淡一切！」對於她的「寬容大量」，我只好寫個「服」字。

【小賞】語言樸素，寫法傳統，從中可以多少了解早期「華僑」出洋謀生的辛酸和血淚。尤其是「華僑」婦女，她們辛勤耐勞，忍辱負重，幾乎為丈夫子女奉獻了她們的全部。

丁加奴河的懷念

●王一桃

1

你可知道，母親，我這一生對你的愛戀有多深？

你是一條美麗的丁加奴河，從小把我孕育哺養，直到我長大成人。

你以潔白沙灘的臂彎，枕着我數那滿天星星；欣賞那一輪皓月。

你以微波起伏的雙手，伴着聲聲濤語，輕搖着我漸漸墮入夢鄉。

每當仲夏夜，我總看到你一身的星光燦爛。你髻插閃亮銀簪，身穿格峇雅紗籠，如此的耀眼，如此的奪目。啊，你是典型的「娘惹」。每當中秋夜，我總看到你一臉的笑容可掬。你的臉就像一輪明月，你的笑猶如一地清輝，無怪乎父親當年會為你着迷。啊，你是下凡的嫦娥。

你為父親，生下了星星一樣多的子女，而我，則是你和父親最寵愛的長長久久的最後一個。

你為我們，建立了像中秋月一般圓滿的家，我願永遠枕在你的臂彎，我願永遠睡在你的懷裏，我願永生永世擁抱着美麗的丁加奴河……

2

你可明白，母親，我這一生的坎坷有多重？

你是一條嫻靜的丁加奴河。我就是從你溫柔的懷裏走向浩瀚的人生大海的。

我愛河北岸一望無際的椰子樹和亞答屋，滿懷虔誠的你曾買棹帶我過河去瞻仰三保廟。我愛河南岸古老而又現代的唐人街，口嚼檳榔的你曾把我帶到「姑巴剎」那裏度過幼年。

河口就是南中國海，是哪一年的歲末，我被那漩渦捲了下去！奇怪，你竟無半滴眼淚，就這樣和我分手了。南中國海盡頭就是「唐山」，是哪一年酷暑，我被那風暴一直推到最北邊！母親，你竟無半句呼號，就這樣目送我走了！

我聯想到滿天星斗的夏夜，倏地烏雲密佈，不見你的雲髻上的銀簪，不見你格峇雅紗龍的花紋，一切都陷入無邊的黑暗！

我聯想到清輝滿地的中秋，驟然大雨傾盆，不見你的笑靨，不見你的倩影，滿目盡是悽悽慘慘切切的情景！

何以三保公佑護不了母子倆，竟讓兇神惡煞無情地強加拆散？母親，你就這樣等我，足足等了二十年！等到痛定思痛時，你竟哭瞎了雙眼！何以你和「姑巴剎」口嚼的檳榔、老葉和石灰，吐出來的不是唾汁，竟是鮮血！母親，我就這樣等你，等了你近半個世紀！我的心啊痛如刀切，一直不斷地淌着血！

3

你可瞭解，母親，我這一生的遺憾有多大？

當我回到丁加奴，河流依舊，人兒呢，卻不在了！到哪裏去尋找你呢，母親？

我踏上故居的樓梯，走在油亮的地板上，找不到你丘陵一樣的身軀。我走遍甘榜支那，走遍巴剎和丹絨，覓不到你螢火一樣的蹤影。

我曾記得，兒時我和兩個小姐姐輪流走過柔軟的丘陵，令俯臥休息的你肌骨鬆弛一身舒暢。

我曾記得，幼時你曾帶我去逛馬來夜市，還買了一副面具給我，使我歡呼雀躍得一夜睡不着覺。

但此時，我只能在義山找到你的墳，而且你已經在此九泉之下等了二十三個春秋！加上生前等我二十年，總共有四十三年！母親，不知你是否還記得兩鬢斑白的不肖子？

但此刻，你的三個孫兒孫女都在遠方，不能和我來看你。你的墓碑上只有黃槐、黃櫻的名字，黃梔在你去世後的幾個月出生，我為了紀念你，起了和你名字「枝」同音的「梔」字，不知你會買甚麼玩具給他？……

啊，丁加奴河日夜流，但永遠流不走我終生的遺憾！

【小賞】母親是丁加奴河，丁加奴河也是母親。作者是詩人，他把寫詩的激情滲入本文，使本文迴旋着深沉的詩的抒情性和節奏。由於將母親和河流融合為一體來寫，文章血肉豐滿。富於感性，成為一曲動人心弦的哀麗的獻給母親的散文詩篇。

玉芙蓉

●宇無名

那一個傍晚，當我正準備離開電視台時，聽到其中一間錄影室傳出「小明星」的歌聲。

一向氣氛緊張的電視台，偶然也有冷清的時候。已經是深秋，夜來得早，如泣如訴的歌聲，對我來說實在太熟悉了，因為童年的每一個星期天，父親總會帶我到茶樓的歌壇，聽那些女伶演唱。此際傳入我耳畔的「平喉」，就是父親當年最喜歡聽的唱腔。

一陣冷風捲進通往錄影室的長廊。虛掩的隔音大門內，透出來的窄長昏黃光線正投到地上。我禁不住一步一步地走前，聽到女聲唱出梆子慢板的兩句：「怯西風，羅衣薄，悵望疏林淡月……」

廿多年前，父親每次攜我到那個歌壇，就是為了聽其中，一個女伶，唱這一首《秋江冷艷》。當時我這個小孩子，不但討厭這些女人這些粵曲，更討厭這些污煙瘴氣的環境。忽然有一天，母親說父親離開我們了。她沒有說出父親離家出走的原因，只說父親按月會給家用，會回家為我簽成績表。

由二年級到四年級，回憶是空白一片。還是我不願去想？誰知到了四年級的暑假，父親又回家了，但他始終沒有說出這兩年離家的原因，也沒有再帶我到那些歌壇去。

不過，我與他之間的隔膜，就從此出現，一直到中學大學，兩人的感情十分疏離，甚至到他心臟病突發去世，我也不肯再問他，當年為何要這樣做？

通往錄影室的長廊，把我帶回現實。我探頭望向亮起幾十盞射燈的空間，發現一個與我年紀相若的女人，正站在一隊樂師的中間，聲情並茂地續唱：「夢未圓，月又圓……」

我仍記得，這是《秋江冷艷》中的小曲《玉芙蓉》。

「停一停！」女人突然走到拉小提琴的「頭架」身邊，道：「朱師傅，我想由這裏重試一遍。」

「唱得真好！」錄影室場務肥周走近我身旁耳語：「聽說她是從上面下來的。」肥周所說的「上面」，就是指這個城市以北的另一個城市。

據肥周說，這是一個大型慈善籌款義演，現在正作彩排。錄影室的擴音器中傳來導演的指示：「大家休息十分鐘！」嬌小玲瓏的女歌手，趁着空檔，把個人演唱會的宣傳單張，派到各人手上。

「請指教！」她把單張交到我手上時，眼前突然閃現一串廿多年前的光與影，我的父親，還有其他的人……

「有時間請上來捧場！」女人嫣然一笑，便轉身走開。

她給我一種很奇怪的感覺。我們素未謀面，但卻令我產生一種似曾相識的感覺？

「噫，我們在哪裏見過？」她驀然回首，用一雙人眼睛瞪着我道：「算了吧，我也許認錯人了。」說罷，便鑽進錄影室的人群中。

自那一夜開始，我漸漸喜歡聽這些歌曲了，甚至產生莫名衝動，誓要追查父親當年離家出走的真相。

故事就由她唱的一段《玉芙蓉》開始吧？

【小賞】一段小曲引發對父親的回憶，回憶中又有當年父親離家出走的懸而未決的疑案，以及追查真相的欲望。深夜、冷風、錄影室、歌聲、燈光、唱歌的女人、彼此似曾相識的感覺……使本文氣氛和場景都呈現朦朧迷離。從討厭那粵曲到喜歡，是否箇中藏匿着對父親莫名的思念呢？

安居

・林蔭

深夜時分，我在燈下伏案趕稿。

我以為熟睡了的老妻忽然從被窩裏鑽出來，她扭亮了牀頭燈，伸手從牀頭櫃的抽屜裏掏出銀行存摺來，一邊細看，一邊用手指在計算着數目。

「怎麼還不睡？」我問。

「想着買樓的事，睡不着。」她興致勃勃地說：「我們不是商量過，儲夠了首期我們就供樓嗎？現在我計算過，我們的目標達到了！」

看見燈下老妻興奮得紅卜卜的臉，綻放着滿足的笑容，我驀地感染到她的快慰，我忍不住探過身去，在她的面頰上吻了一下說：

「你好好地睡吧！明天我陪你到地產公司去看新樓。」

老妻點了點頭，濕潤了的眼睛望着我，像個乖巧的小女孩似的把身子縮進被窩裏。

我伸手替她把被子拉到她的下頜，她翹過嘴來吻我的手背。彼此相視而笑。她眼裏充滿柔情蜜意。

我替她熄了牀頭燈，繼續伏案趕稿。

良久，有人輕輕地敲響了房門，我打開房門，女兒站在門口。

「媽媽睡了？」她輕聲問。

「嗯。甚麼事？」我發覺她掛着一臉愁緒，不禁問。

「我可以跟你談談嗎？」她祈求地望着我。

我知道她一定是發生了甚麼事。於是，輕輕掩上房門，跟她到她的房間去。

怎料到一進房門，她就伏在我的懷裏哭泣起來。

「甚麼事？」我納罕地問。

「我們完了！」她飲泣着說。接着，她告訴我，她與那個同事的戀人鬧翻了，她想辭掉那份高薪工作，離開那傷心的地方。可是另尋工作一切要從頭開始，薪金會少得多，會影響家庭的供樓計劃。

「不要緊，爸爸永遠支持你！」我拍拍她的肩膀說：「我可以多接兩個劇本來編寫便行了！」

「可是媽說你血壓高，身體不太好。」

「媽媽胡說。」我用力拍拍胸膛說：「你瞧我身體多棒。」

哄慰女兒收了眼淚，回到房間，老妻睡得很甜，聽到她響着鼻鼾聲，我坐在案前，心情有點紊亂，我沒法把稿寫下去……

後來，我不知怎的在疲憊中伏案沉睡着了，直到老妻把一件毛衣蓋到我身上，我才從夢中驚醒，發覺曙色已棲留在窗櫺上。

「快到牀上來再睡，小心着涼。」老妻俯着身一邊翻開被子，一邊關注地對我說。

到我惺忪地鑽進被窩裏，她給我拉好被子，才走出廳子去為兒女準備早餐。

我再醒來時已是中午時分，盥洗後，當我催老妻更衣，準備兩老一起去嘆茶，然後到地產公司看看有甚麼新樓的時候，她忽然這樣說：「昨晚我仔細想過，我們在這房子住慣了，實在不捨得搬走，我看供樓的計劃暫時擱置吧！」

她說話時避開我的目光。

我猛然醒起，她從來沒有像昨晚那樣地響着鼻鼾……

【小賞】這是以小說筆法寫父女、夫妻間的親情。女兒因戀情告吹要另覓工作，薪少將影響家庭供樓計劃，父親願多接寫兩個劇本；妻子為了不願增加丈夫負擔，暫時擱置了計劃。一環扣一環的諒解，源於對家人的愛。在這份愛面前，「樓房」的價值顯然失色了。

兩個離別的印象

·海辛

我在做夢——村子昨天飛來日機空襲……今天早上，校長在禮堂向小學生們宣佈：由今天起停課了！……同學們都在問校長甚麼時候開課……我卻讓母親捏鼻子弄醒。我睜眼起牀，是夜深沉，她催我穿衣，一臉慈鬱皺紋在火水燈下顯現，她說：「雄兒，是走難！快穿衣着膠鞋。」

我從閣樓走下二座廳子。姐姐已燒好飯菜，放在桌上。三口子在燈旁吃五更飯（大概三點多四點）聆聽母親吩咐姊姊到香港後，上岸去石塘咀按地址找姑丈姑媽……我呆在那裏，搶着問阿母不去嗎？她神情平靜說：「我去了，鬼子一來，這間由你華僑爸爸心血建成的房子，恐怕沒有了！」

「阿母，你一個人留下……我——」我話語哽咽。可母親臉泛裝出來的笑容說：「姊弟倆放心避難去，我福大命大，會好好把家園守住，等你們回來團聚！」

這個凌晨，她是披星戴月，送姊姊和我去石峽車站搭車往澳門，再搭輪船赴香港。

長長的一條走難岐關車行途程，我腦海裏只搖簸着——母親面對我們裝出來的堅強與歡容，好像不把分離當甚麼一回事的神態；另外，當搭載我們的長途車開行，她在外面揮手，滿臉漾笑，片刻，卻轉過身去灑淚……上述兩副慈親面孔之神態多少年來，常常搖籃在我這個遊子的夢魂中。

逃難的日子不好過。香港地繁華囂鬧，使少年心不安與鬱鬱：思親奪去我的童真。過一年，我匆匆回到故鄉（姊姊則留下來）與孤單的母親在一起共度艱難。母子同在園地工作時，她常常在口中責我不應在如此時期回鄉，但背地裏卻是那麼開心與快慰。

終於熬過一段侵略鐵蹄下的生涯，日軍投降了！一九四五年秋，家鄉人們一片歡呼，放爆竹。敲鑼打鼓迎勝利。但我發覺。人們敬愛的五桂山真正抗日英雄游擊隊，在勝利聲中，讓所謂冒牌英雄政府軍當作土匪，進行大剿滅：中央派來的接收大員，在民間大劫收，橫行霸道。只一兩個月光景，城市的慶祝勝利牌樓，有人掛吊沙煲以作飢餓的抗議與洩憤。

此時我正在讀中學，老師慨嘆：「侵略的鬼子兵剛走，親愛的劫收大員又來了……日子繼續難過！」

又是一個做夢的深夜，這趟我夢見——我這個一向讓小友同學們呼叫花名「鴿子」的少年，忽然間讓鄰居養的群鴿，以一塊大方布承載起來飛上高空。母親把我從夢中喚醒，神情平靜地告訴我，後天，她打發我去香港，她說：「這趟去，要你創一番事業了！」我不明白：「剛勝利，所謂守得雲開，你又要我逃難？」

她說：「你有眼看的？慘勝！人們都在嚷慘勝！所謂守得雲開，不見月呀！」

「你肯讓我離開，自己獨守家園？」我說。

「為你前途，有甚麼不捨得的！」又是那強歡的樣子。於是，已十八歲的我，便又挽着行李，第二次來香港。這次並非逃難，但我的心比上次沉重。

一晃眼，五十年已過去。五十年來，我一直立足於此地，是個不折不扣的老香港。每一年秋，人們在紀念和平重光的時候，我就默默紀念——兩次打發我來香港的母親！和她的只顧兒女安危和前途，而不理自己的甘於寂寞和犧牲的強歡神態。

【小賞】在戰亂中，為了子女的安危和前途，母親打發子女兩度逃難來香港。而唯獨沒有自己、甘於寂寞、置生死於度外。這是人類天性中最值得稱道的母性。難得的是她還能分清是非，擦亮眼睛，識穿騙局！

無形的壓力

・關麗珊

在一個暑熱的下午，父親因腦中風入院。當未有腦部掃描的報告之前，醫生只能按他的病癥推斷，基於父親體內流失了大量的鈉和鉀，是腦部受傷的徵兆，故此，主診醫生看我有心裏準備，隨時在接到醫院通知後，即時跟家人趕到病房。

離開醫院的時候，已是晚上九時許，在回家的巴士窗上看到自己疲累的倒影，感到遺傳基因的奧妙，在外形上，我跟父親一點也不相像，卻承繼了他的傳統和忠厚的性格。可惜，這樣的一個人並不適合現代社會。

我害怕電話的響聲，整晚無法入睡，想起小時候父親牽着我的手，帶我到劇院看卡通片。我經常因為握不穩他的大手而迷失方向，兜兜轉轉之後，才可以重新地緊緊握着他的尾指。現在我握着他軟弱無力的手，那裏扎着打針的管道，我低垂着眼簾看着病牀上的父親，無法聯想起他曾是我仰盡了脖子也不能看清面容的巨人。

感謝醫生和護士的悉心照料，讓父親栓塞了的血管可以恢復正常。有一段時間，父親的神志並不清醒，他說了許多莫名其妙的話，他重提起在我五歲那年。因我發脾氣而打了我一下，他說至今仍覺歉意。我清楚記得當年印在大腿上的巨靈之掌，也知道那是我頑皮惹起來，父親何須用歉意一詞呢？

小時候在家說了一句某同學自私，父親就罵我跟人做朋友就不要背後數落人。他不厭其煩地教導我助人為快樂之本，對朋友要義薄雲天，最低限度要信任別人。

父親，你可知道我一次又一次的被朋友出賣呢？

有個多月時間，我在醫院和交通工具上度過。父親多次要求我每天去醫院看他，因為他會感到開心。時間就在三小時往來車程及數小時探病中溜走，我無法好好的做自己該做的事。

父親在精神稍佳的下午問我，到底你做了這麼多年生意，寫了這麼多年稿，你得到甚麼？

是的，我一無所有。

父親聽了我的回答後，又開始他的教訓。他一直相信我是他的子女中最聰明的一個，做生意一定是越賺越多，寫稿的話成名必早。他對我的殷殷關切，正是我最大的壓力。

我沒有後悔做了一項錯誤的投資，但我為一個合股的朋友把債項推到我身上而感到難過。我不懂得做出損人利己的事，可是，在商場上，這正是許多人的金科玉律。假如這是失敗的話，我承認，也願面對。

寫稿的圈子有另一種遊戲規則，我無意羨慕他人名成利就。雖然自己走得很慢，最終也可能一無所有，但我無怨無悔，就這樣的走下去。

我的小說集將在冬天面世，可是，父親，我多麼害怕再一次讓你失望，因為我是你的女兒，你深信我的才華是舉世無雙的。然而，我期待的只是小說集有一定的銷量，能夠擁有喜歡我的讀者而已。

你可以康復出院，是我今年收到最大的禮物。現在你在家中看着我寫稿，你躲回房裏聽收音機，你放輕手腳的怕驚擾我，都令我一次又一次的想擲筆放棄，我其實沒有你想像中那麼好。

【小賞】本文從兩方面寫父親：先寫父親的病情、自己對父親的感覺，再寫父親對女兒的自豪、自信和殷切期盼。後者甚至使「我」感到了壓力，怕到底會使父親失望。這兩方面都出諸於深愛。「我」的心理寫得細膩。

女兒要出嫁

．杜臨風

她終於決定出嫁了。

做媽媽的聽到女兒這個決定以後，沒有一個晚上睡得安寧。

女兒要嫁給誰呢？就是那個還有點孩子氣的他麼？

當女兒告知她，她未來的女婿就是他的時候，她還是有點不大相信自己的耳朵的。因為一個才十九歲，一個還未到二十二歲啊！兩個還未「定性」的人生活在一塊，這未來的日子，媽媽說，她不敢想下去。

母親的憂愁不是沒有理由的，且不說她還在學校念書時的日子了。即使已離開學校參加工作，又是如何生活的呢！吃飯洗衣全依賴母親自不用說了，簡單如起牀穿衣，也要母親提點的哩！也許她出嫁以後，離開了母親，沒有人依賴，自己懂得如何照顧自己吧！母親在憂慮不安之中，只好接受那個做爸爸的樂觀的勸慰了。

和做媽媽的相反，他自從聽到女兒出嫁的決定以後，反而睡得安寧多了。

他這樣的態度，當然會惹起妻子的責難的。

「你到底還有沒有父女之情啊！女兒要嫁了，你難道一點也不憂心。她今年才十九，甚麼也不懂。」

「你為甚麼不勸勸她，叫她遲兩年才結婚。你怕她住在家裏吃你的飯用你的錢，所以望她早嫁早着麼！」

她的責難，當然是無理取鬧。但有一點，卻是說對了的。就是，他確實有點兒望她早嫁早着，因為女兒未決定出嫁之前，他是常常睡不安寧的。

做媽媽的憂心女兒甚麼也不懂，其實，有一樣事情，她的女兒很早就懂了。

當她還在念初中時，便常常和男同學上餐室、入戲院，漫步花間樹下。當然，同學嘛，難道只有女的？然而和異性的同學過於親密的交往，確是很難不令做父母的擔憂的。

也許那一切不過是並不認真的孩子們的玩意吧，因為自從她到一家大公司工作以後，很快就有了新的男朋友。有二十多歲，有三十多歲，甚至有四十多歲的。哪一個才是她較為要好、較為傾心的人哩？不常在家的父親固然糊糊塗塗，即是密切關心女兒一舉一動的媽媽，一時間也難以分辨得出女兒到底喜歡哪一個。

突然，朋友間傳來一個「驚心動魄」的噩耗。她的女兒竟和一個已婚的中年男子出雙入對，而日常常在公眾場所中手挽着手。

於是，從這一天起，那個做爸爸的晚上常常闔不上眼睛。

如今，他的女兒終於選中一個愛她的人，真正的要結婚了，他怎不高興，怎不有如釋重負之感呢！雖然以後的日子，他也不敢想。

十九歲，確是太小了。但又有甚麼辦法啊！他和她又該怪誰呢？怪自己的家庭？怪學校？怪那些戀愛至上的電影？還是怪那不健康的社會風氣！

【小賞】本書寫法多以子女的視角「仰」寫父母大人。似本篇以父親身分「現身說法」的並不太多。好處是讓為人子人女者讀了更了解父母是如何疼愛自己子女，關心他（她）們的婚姻大事的。文中母親知道女兒要出嫁晚晚睡不安寧，父親卻睡得安寧多了。都源於對子女的愛，寫得很妙。欲知其妙何在，請細讀本文。

慈父．嚴母

．南思

打從有記憶以來，父親留在我腦海裏的印象是這樣的：滿頭銀白的短髮，一副假牙，在嘴裏滑動。喜歡小孩子。左鄰右舍的囝囝囡囡，有的給逗樂到呵呵笑；有的卻被作弄得哇哇哭，小時候，父親經常帶我上館子或宵夜。記憶中，父親很慈祥，似乎從來沒有打我或罵我。

父親很好客，家裏常常住有一兩個食客。或失業，或探訪，住上兩三個月或半年。我家對面有間菜館，倘遇到熟人，父親便匆匆從家裏攜一瓶威士忌酒，去跟友人對酌。記得日本入侵南洋時，由於市面禁酒，父親便想出一個辦法來，就是把大量的酒，安置在沖涼房中的水池裏，以便避開日本人的耳目。由於嗜酒如命，胃囊被嚴重損毀了，過早地離開這人世間。

父親識字不多，然而，他卻會循循善誘，培養孩子練書法。有一次，我從家裏找到一枝「大揸筆」，便蘸着清水在石敏地上塗塗抹抹。父親看在眼裏，過幾天，便買了一塊大黑板，豎在客廳中的牆角邊，囑我每天要寫滿黑板，才可以出去阮。古靈精怪的我，後來心生一計：將粉筆搗成粉末，滲水攪匀，然後用毛筆蘸着，開手寫去。毛筆大楷字當然比粉筆字大些，容易塗滿黑板。然而，時日一久，也由此給我練成一手字來。想不到小時候這種塗鴉玩藝，長大成人後，卻成為謀生手段。南來香港，就是憑這一手字，可以養家活口；同時還能讓孩子負笈美國，去攀登鋼琴藝術的高峰。

至於母親，是個典型的纏足女人，管教孩子卻很嚴格。小時候，母親從不給零用錢，為的是怕我亂花錢。有甚麼需要，可以向母親開口索取。正餐時倘發現吃不下飯，便要打破沙鍋問到底。假如貪玩，天黑還不見回家，那就要受皮肉之苦：雞毛帚像密急的雨點似的打來，唯有號啕大哭了。然而，長到十八歲以後，母親漸漸由嚴轉寬了。倘需錢用，可在店裏自己去拿。母親目不識丁，但她懂得「字深人顯」（註）的道理。因而我要買的書籍，母親從不峻拒。每次需要閱讀的文藝書籍，大部分由母親去大城市裏為我購置。父親生前曾囑咐過母親，盡可能把我培養成材。所以正當客地掀起排華惡浪時，母親允許讓我回國繼續深造，使我在人生的道路上，經歷過橫風斜雨，也跨過坎坷的路。

記得父親剛過世不久，十五歲的我，常常騎着自行車去父親的墳地，頓時悲傷的眼淚，會情不自禁地奪眶而出，興起失怙之痛。

離開印尼二十六年後，有機會回印尼探親。見了白髮蒼蒼的母親，以及頭髮灰白的哥嫂，恍如隔世。此後，我每兩年一定要回印尼，探望老母親一趟。一九九三年夏，母親以九三高齡逝世。走完人生盡頭的雙親，如今共眠於黃泉之下，願父母永享冥福。

今天，當我執筆寫這篇小文的時候，慈父嚴母的音容笑貌宛如在眼前，父母親對我的哺乳、呵護，鏤刻在我的心版上，永不磨滅。雖說不是親生父母，然而其養育之恩，是海涵地負的！

註：「字深人顯」，意即書讀得多，也就通達事理。

【小賞】父未必嚴，母未必慈，本文寫的不是「嚴父慈母」，而是「慈父嚴母」。但誰嚴誰慈都不重要。最重要的是他們對子女的栽培。「我」日後憑書法謀生，即與幼年父訓有關；至於母親到大城市買文學書給「我」，更是難能可貴，值得稱道。

永難忘滅的印象

．胡民廣

從小與父親可以說是沒有甚麼感情，只記得小時候常被父親責罵，偶爾犯下錯誤，總被父親厲詞以對，久而久之對父親簡直「敬而遠之」。長大後，出來社會謀事，父親仍常加教誨，往往事情尚未發生，抑或無可能發生的事情，他都一一加以訓示，總而言之一副言不驚人、不罷休的老人家心態。

現在父親已退休在家，由於早前身體出現過問題，變成行動不太方便，故此留在家裏的時間較長，也由於此，和他見面的時間也多起來，好像他無聊起來，走去翻翻我的錄影器材，要求看看我監督製作的電視節目，又或者評閱一下我編劇班的學生作品，這些我都不加拒絕，任他有種精神寄託。

有時候人漸長大，對事物的觀察能力也有了截然的不同，這個是基於人生經驗漸豐，對判斷事物的對與錯也加上了別人觀點及角度的反射。過去，原本我對父親的印象並不良好，可是現在回心一想，將來我到達了他的一把年紀，我會不會像他這樣囉囉唆唆地對自己的兒女，又或者那種「防患未然」的心態說不定也一樣會出現在自己身上，到時候，不知我的子女會怎樣想？

人生下來，總有父母親的，而人體內總混和着父母親的因子、父母親的血，這一點是無可置疑的事實，我謹希望天下間的子女皆能將父母親的印象、感受埋藏在自己的心間，讓這印象永不磨滅下去！

【小賞】寫得很真。文章雖短，但有陳述，有諒解，也有反省。每個人都曾經是人子，也將成為人父。將心比心，就會多一份諒解。

圍巾

・謝雨凝

1

寒衣漸歸籠的日子，回澳門老家探望父親。父親端出一條杏色的毛線圍巾，對我說：「這條圍巾很好，我很喜歡。」

我說：「是我織的，已經二十多年了。我記得。」

父親臉上微有笑意地問：「可以替我再織一條灰藍色的麼？」

我嘴裏當然說可以，心裏卻一片黯然。

一個不留神二十多年便如此輕輕逝去，從此我沒有再織過毛線圍巾，也不曾留意父親有多少年沒有繫着它。這些往事在腦海中早已消失於無形，冷不防竟有被父親再端出來的一天。

病後的父親至今尚未復原。也不知能否康復。這些日子一定在悄悄地收拾舊物，然後他撿出了毛線圍巾。這圍巾如今看來仍舊有八成新，只因長期壓在衣籠裏，比從前顯得薄一些而已。那年月也不知為何，我竟給家裏許多人都織圍巾，父親只是其中一個。

那一天我又看到父親在抹一盤白蟬花的葉子。他是個愛整潔的人，身邊用物無不整齊清潔，如今整天耽在家裏又惠及了花草。

「超級市場有專供人抹葉子用的濕紙巾賣呢！」我悄悄跟在他身後說。父親驚訝地回頭說：「真有這樣的東西賣麼？」

我又一次黯然。原來有許多事我早知道的竟不曾告許他。

父親和我一樣，不是個輕易向人透露感情的人。他在患病期間一定想到許多往事。我不願知道他此刻所想，因為一切於我們來說都是無能為力。我們只希望他能快快活活過一些日子，那怕是短暫的也好。

父親見我默默地站在一旁看他抹葉子，又想起了圍巾。他說：「顏色不一定要灰藍，隨便你挑一種也可以。」

怎麼又叮嚀呢？如今才剛踏入夏天，還要有許多日子才到秋涼。

呵，不要說秋涼。我怕冬天——父親能過得了今冬麼？

2

牛年的最後一天，趕着把手編的圍巾送到父親的病牀前。他雙目緊閉，已無力睜眼看我。

妹妹大聲在他耳邊叫：爸爸，姐姐回來看你了，她已給你編織好一條圍巾，……

妹妹也說不下去。我趕忙奔進隔壁洗手間。

因我知道父親只是無力睜開雙目，他的心是醒的，耳朵是靈的。我不能讓他聽到我哭。

其實，我的圍巾也未編夠正常人可用的長度。但父親病的那麼重，而我又那麼忙碌，日子在無聲地溜走，我竟無法抽空去多買一個冷球。

人生原來便充滿許多遺憾！在回澳的船上，我這樣安慰自己。

常常記起夏天時，父親說的一句話：你從前給我編織的圍巾我不捨得用，……他沒有要求我再編織。也不知道自己已經患了不治之症。而我卻在那一刻開始，想再編織一條圍巾，讓父親在臨終之前有一個意外的驚喜。但是，有七、八年不曾拿起織針了，竟忘記了如何織回當年那個模樣，用多少個冷球，如此織織停停，冷不妨幾個月便這樣過去了。

儘管我一生中忍受過許多遺感，然而當永別的難受一塊襲來，我承認我是軟弱的。

我能夠說甚麼呢？父親。

【小賞】圍繞着一條圍巾，抒發對父親的感情。父親很喜歡女兒二十多年前為他織的圍巾，女兒很想再編織一條……但始終沒如願。本文將「睹物思人」手法發揮得很自然，且有雙向的交流，用父親的話、女兒（我）的心理活動，將父女親情寫得含蓄委婉、深沉感人。

體會

・水禾田

有一句名言：「養子方知父母恩」，說得非常有意思，但，有多少兒女能感受箇中之味，有更多兒女不會明白，大概沒有經歷過，不會有所體驗。

我不知道前人為甚麼會將大自然與人的感情結合，將中國文字拼合成如斯有意思、有情的句語：「樹欲靜而風不息，子欲養而親不在。」美是美極了，可惜傷感了一點。

美與傷感，兩者都會令我讚嘆和感嘆。讚嘆的是大自然裏的風、雲、雨、露各有各的美和特別，花草樹木點綴在人間，多麼的美善，樹兒想靜下來，卻被風吹動，永不停止，於甚麼才有機緣，可以停一停，享受一刻的靜謐……

感嘆的，父母遠我而去，使我孤獨……

我成長了，一步一步去踏我的人生路程。人生會有多少階段，童年，最感快樂，在父母的愛護下，不知不覺地溜掉了。少年，愛上層樓，不覺愁滋味，幸福地度過。青年，父母和老師們的教誨，不一定有所成就，但亦不做社會的害蟲……

回想父母生活於戰亂、貧困、多患的年代，辛辛苦苦的為生活和為兒女而捱；記得，母親曾經做過膠花，釘過珠片的手藝，知道母親後期眼睛有毛病，那時，我又懂多少呢？回憶父母對自己的關愛，是難以傾訴而言盡……

人生歷程，今天，我有了女兒，一切一切都了解，一切一切都明白，一切一切都清楚：「養子方知父母恩。」

看着樹木的蠕動，不知道甚麼時候會靜下來；看着女兒天真活潑地玩耍，不知道愁的滋味，何時才能了解父母親的愛。如果父母健在，必會孝順，惜不給我機會……

懂得接受愛，和懂得施與愛，是人生最幸福和快樂的，我能體會，不知道您又體會多少。記得不要看見樹靜了下來，亦不要讓父母不在時才知道愛和孝。

【小賞】由中國一句俗語和兩句詩引發寫成本文，但決不空泛，而是言之有物。最不同的是：作者為著名攝影家、畫家，他的體會均化成了美而傷感的形象畫面。體會雖短，卻句句懇切真摯，字字深沉動人。

媽媽一百歲

・江啟明

在世上有誰的聲音比媽媽更溫柔、親切、動聽？我們都是要經過母親身體子宮內受孕、十月懷胎，然後才能光榮地誕生出來。在這期間，媽媽是要忍受着眠乾睡濕、坐臥行動不便之苦，身體孱弱或胎位不當更會遇上生命的危險。也許因此，當嬰兒牙牙學語的第一聲就叫「媽媽」，而我們遇難及病苦的時候也自然地呼喚着「媽媽」！

小時候，父親整天都要為我們一家生活在外奔勞，他晨早出門的時候，我們做兒女的還在被窩裏，他放工回家時我們又早已入睡，真正見面的機會不多。母親就有點不同，她為照顧一群兒女的飲食起居、頭暈身熱，整天在家忙個不了，當然相處的機會也多了，可直接感受到及享受到母親那份無微不至的關懷與愛護，這種直接的給予，自然印象就比較深刻，銘記於心底裏。

在日寇佔領香港後，因糧食供應不足，便迫令市民離港回鄉。只媽媽一人帶着我們四兄弟和一家姐，徒步逃難，爸爸一人留港。當時我只有八歲左右，還有兩個弟弟，媽媽除了沿途要照顧孩子們外，還要擔上衣服和糧食，這種辛酸就只有做媽媽的能夠無條件去承擔。沿途的路邊躺着些被日軍進攻九龍時打死而腐臭的同胞屍體，還有一些失散或被遺棄的小孩和嬰兒號哭，更不時有些無良的強盜在沿途趁火打劫……，這些悲慘的情景，時代的浩劫，我們都有幸地受着偉大的媽媽無盡的愛保護着。我們一家六口，行行復行行，足足行了個多月才能回到我們的故鄉——花縣。

我們在故鄉裏，只有一間細小而破爛的祖屋，靠甚麼去維持生計？終於媽媽討回「大太公」一塊遠遠的瘦田來耕種。但也不能解決一定六口的溫飽，那只有在農閒時，媽媽和二哥到廣州市和韶關一上一落去「走貨」，以幫補家計。媽媽還多次冒着生命危險，隻身偷渡回香港，一來探望爸爸，二來可帶回來一些高檔的「故衣」。回想起這段三年多的日子，又怎會忘記媽媽那種天一樣高地一樣厚的愛呢！

媽媽！我摯愛的媽媽！雖然您在世上並沒有得着做兒子的我有甚麼回敬，但我也不愧為您的兒子，在人生路上，我時刻都會以您和爸爸為榮，以您做我的榜樣。您生前並不太喜歡我走藝術的道路，也是出於您為我日後的生活而關心，您也不願我為您寫照，也因為封建思想的作祟。故現在也很少留下您的寫生像，這是我的遺憾！媽媽！對不起！現在為您留下的大部分都是當您生病時，不知情的情況下描下來的，雖然表情看來不好看，但也是出於我對您的一片真心誠意，我希望能藉此可表現出您最後都沒有與病魔妥協，還永遠堅持對生命的忠誠與熱愛，更希望從您的面部能描繪出您一生偉大的貢獻及奮鬥的精神痕跡！就算只一點點也心滿意足。這輯畫藉着媽媽您一百歲的冥壽出版，除了作為紀念外，主要還是我報答您和爸爸養育我們成人的一番心意！並祝福世上所有的爸爸媽媽身體健康，生活愉快！

【小賞】作者為著名畫家，在母親一百歲冥壽時出了一本題為《媽媽一百歲》的畫冊，其孝誠、言懇、情真、意切，深深地感動着我們。那些寫生大都是母親生病時畫的，作者想表現的是母親在生命晚年「永遠堅持對生命的忠誠與熱愛」的精神，頗有創意。本文對戰難中母親的默默奉獻有充分的描述。

爸爸的報夢

．徐子雄

要長期記得一個夢似乎並不容易，除非這一個夢是很特別，或者這一個夢是很有啟示性。我發過一個夢，至今還記得一清二楚的，亦因為這一個夢使我思疑，或說相信好了，人鬼相隔的陰陽兩界總存着一樣好像無線電話的通話工具，只是用心靈感應來傳送吧！

有一晚，在牀上，差不多要睡着的時候，好像聽到有人叩門的聲音，叩門的聲音很輕，但很清楚，一下一下地叩，絕不是風吹引起的一些撞擊物件聲。就在夢遊的狀態下起牀，去開門；木門開後，見到爸爸衣衫盡濕站在門外。我見到這情況馬上伸手去扶他入來，就在這剎那間，他驟然消失，我打了一個愣，冷風吹面，我清醒了，心頭還有餘悸，啊！剛才原只是發夢！就是這時，耳邊聽到了鋪面的古老時鐘噹噹地響起來，響了十二下便停了，身在牀上，被還暖。

發這個夢的地方是在深水埗南昌街的地下一間房間。這是祖父的鋪頭。我這時已離開家人與三位朋友分租香港般含道一處地方居住，只是週日或假期返家與祖父母共聚一兩天。返回般含道後，這整整的一個星期，每晚連續地都發同樣的一個夢，內容與時間仍是一樣，像翻着錄像帶一般，只是有時感覺結尾時聽到古老時鐘的響聲或有時聽不到，醒來看手錶仍是十二時剛過。

一連幾晚都發同一個夢，又在同一時間發生便總有些憂心忡忡，白天做事提不起勁，最後忍受不了便打電話返家與家人談夢。人生經驗豐富的三嬸真反應快，她說：「一定是死鬼畫家來三報夢吧！本來上月就要把他的骨執好，可是近幾星期不停下雨，明天我便與你的家姐拿文件到墳場辦公室搞好執骨的手續。」

聽了三嬸的話後便好像把壓在心頭的大石放了下來一樣。這個夢給我一種很真實的感覺就是夢中所見先父身穿的上衫。那件啡綠色方格間條的粗絨西裝是我親眼見他被送上救護車時所穿的一樣，也是最後一次家人從醫院拿回來的遺物中最顯眼的東西，也使我要追尋夢的啟示。剛巧有公事要到南洋一趟，返家後與家人通電話，大家姐便說：「好彩畫家識報夢，執骨的仵工說棺木在水中浸到霉爛，骸骨有些發黑。仵工花了整天才把骨頭清洗弄乾，看來老豆會很安樂吧！」

此後，再沒有發過見到父親的夢。

【小賞】「日有所思，夜有所夢」、預感、第六感……人的思緒和客觀事物存在着某種內在聯繫的情況，也許有助於我們理解本文所敘述的奇異現象。中國人講求死者要「入土為安」，絕非迷信，而是孝道的重要內容之一；父親對我們一生影響至巨，去世後，也應讓他的靈魂安息吧！

無牙老虎

・戴玉明

誰是「無牙老虎」？

他是我最敬愛的父親。小時候，我在電話裏邀請同學來玩，她們說：「你爸爸在家哩！」我轉頭對父親說：「同學怕你不敢來。」他馬上笑着說：「告訴她們，我是無牙老虎！」此後，同學們都不怕這個「無牙老虎」，而且很喜歡這位伯伯，自此他就得了這有趣的雅號。

這個「無牙老虎」原名戴鴻，但卻給自己改名為「天真」，所以人們都笑我：「你父親叫天真，為何你不叫活潑呢？」其實，他喜愛的是天然不造作完美的真，而不是甚麼都不懂的「天真」

相反，「無牙老虎」是個博學的人。他讀了一年醫科後，因遵父命，回家做建築生意，負責鋼窗、階磚的設計和繪製圖則等。除此，他上自天文、地理、攝影、盆栽、雕塑、繪畫、音樂，下至機器、修理水喉等，無一不曉，而且相當精通。親戚朋友，甚至我的老師和同學有疑難都會向他請教，一般都馬上得到滿意的答案。大家就送他一個「通天曉」的名號。據母親回憶，當年一班朋友到她家玩，家中的水龍頭壞了，別人正束手無策之際，年輕的他自告奮勇，駕輕就熟一下子修好。不但贏得大家的讚許，同時贏得我媽媽的芳心。所以父親告誡青年人，多學東西定不會吃虧！

一天，我好奇地問父親：「你學那麼多東西，買那麼多相機，不是花了很多錢嗎？」他哈哈大笑：「哪裏？多數是自學的，第一架相機是用零錢去雜貨攤選購零件，鑲嵌而成的，那時才十多歲。後來，每興建一幢大廈，多數要造一個主人的銅像作紀念。我就用每造一個銅像所得的錢買一架相機。可以說是用我的勞力換回來的。」原來他兒時已愛在路旁看人修理汽車，看意大利人造雕塑……

「不懂就學，多動腦筋，不明就問，大膽嘗試。」這就是他自學格言。

當我每次田徑比賽獲得冠軍，他不會口頭讚揚，只默默地把獎牌排列在客廳當眼的櫃上，卻說：「你不夠蘇聯女選手勁！」不久，他買了一套四本厚厚的蘇聯如何訓練田徑運動員的書送給我。

我在學校參加舞蹈組，經常排演中國民間舞蹈。一天，他汗流浹背地捧着一堆書回來，疊起來足有兩三尺高，一看，盡是全國各省各民族的舞蹈書啊！

他的激勵盡在不言中。不知不覺我也像他那樣，對任何事都敢於去學，善於觀察，找出特點，勇敢地掌握新知識。

年輕時，他與友人遊歷名山大川，背着幾十斤重的照相器材。第一個爬上山峰，獵取奇景；亦喜環遊世界，瞭解各地風情開闊眼界……

退休後，隱居山中，少與人交際，從不逐名利，每當下雨天，便把剩餘的麵包撕成碎粒，放在陽台上讓那飢寒的小麻雀飽餐一頓；但一放晴，吃慣了的小麻雀又來討食，他就趕牠們走，口中喃喃：「別懶惰，飛吧，自找吃的去！」

雖然「無牙老虎」已於兩年前離世而去，但他的豁達、樂觀、好學、勤勞、慈愛、灑脫、寫意卻永留我心中。

【小賞】以欽佩、自豪的心情刻劃了一位「通天曉」的父親，也刻劃了他的豁達、樂觀的個性。父親自己好學之外，也望女成才，多次買書給女兒要她取得更好的成績。這是一隻可愛可敬的無牙老虎啊！

一隻口琴

・鄭春盛

「爸，我要買一隻口……琴……。」

「甚麼？」

「一隻口……琴……。」

「不可以！讀書去！」

父親洪亮的語音尚未落地，我已隨着他揮舞的手勢，像隻鬥敗的公雞，從他的辦公室逃出來。

那是在我還唸初小三年級的時候，在學期考試中再度獲得第一名的隔天，趁着父親剛好沒有客人的午後，鼓起最大的勇氣，向他提出這樣一個日思夜想、蓄謀已久的要求，但結果還是碰了一鼻子灰。這在當時，對我幼稚的童心，打擊很大。因為據我知道，以父親的經濟能力，不要說買隻口琴，就是要買架鋼琴，也是易如反掌，但他就是偏偏不給。為甚麼？我在當時無法解開這一謎底，只覺得父親太過嚴厲，不大疼愛他的孩子。可是今天回想起來，父親的拒絕，其實是基於當時流行的一種觀念，就是：「要孩子功課好，就不能讓他玩！」所以，父親不但從來未曾給我和弟妹們買過玩具，而且只要看到我們在玩遊戲，便會瞪着眼，閉嘴巴，而我們就趕快逃之夭夭了。原來，父親從小便背井離鄉，到海外謀生，他自己既沒有讀過書，又不明白口琴的用途，以為是一種玩具，既花錢，又會荒廢學業，當然也就不准買了。這對他來說，是天經地義的事，跟他疼不疼愛孩子是兩回事。我們不能錯怪他。何況，我父親的童年裏沒有玩具，有的是三餐都吃不飽的窮困生活，這跟今天泡在幸福的兒童，不但有書讀，有日新月異玩具，而且連電視、音響設備都不是甚麼新奇東西的時代，當然是不可同日而語了。我想，如果我父親不在四十出頭就去世，而是能活到今天的話，他的觀念當然也會改變的。我父親雖因早逝，使我對他瞭解不多，但他在我的印象中，是一位嚴父，是光惠萬物，但又會炙痛人們皮膚的太陽。

跟我父親相比，我母親對孩子們嚴中有寬，很會體貼，就像月亮，把她皎潔的光輝照映大地，但又不使人感到不舒服。每當她把家務理好，坐在竹椅上歇息的時候，我們就像螞蟻圍着蜜糖似地纏在她的身邊。特別是每逢過年過節的時候，我們就喜歡看她用巧妙的手，把糯米和綠豆磨成粉後，再做成各式各樣的糕點；而我也會主動地幫她推磨或劈柴，跟着忙得不亦樂乎，在這種時刻，整個屋子熱鬧起來，一家人都喜氣洋洋的。

我母親出生於清末，小時還纏着腳，肉體上受盡了折磨；而在重男輕女的那個時代，母親沒有機會上學，到十四歲就出嫁了。但儘管如此，她聰敏過人，在生活的鍛煉中，熟諳了許多民間故事和成語諺語，經常給我們講着娓娓動聽的故事，以及如何做個有用的人的道理。她以身教和言教，給我們的家庭教育及其啟發性是深遠的。

我母親在1980年因病不幸辭世，享年78歲。她在病牀上呼出最後一口氣時所呈現的安詳面容，至今仍深刻地留在我的印象中，永不磨滅。

【**小賞**】本文特點是以小見大，引發開去。藉一隻口琴的風波，憶述了舊年代的家教情況。父親不給自己買口琴，作者不但不怨恨，且充滿諒解，文章有追述，有分析；下半部充滿感情地描寫了一位雖沒文化卻能幹的母親形象。

我最敬愛的人

・林日明

最近，我九歲的大兒子給我看了一篇剛從學校派回來的文章，題目是「我最敬愛的人」。他所敬愛的人竟然是他父親！這個發現，使我開始探索我父親在我心目中的形象及地位究竟是怎樣的。

童年時期，父親所給我的印象是富有權威及能幹。他沒有怎樣擁抱過我；他的角色好像主要着重在物質供養方面。

少年時期，也感覺不到父親對我親密。記憶中，他時常和媽媽吵架，有時媽媽會執拾衣服回我外婆家住上幾天；初初也不知道是甚麼原因，後來長大了，才知道原來父親在外面經常與其他女人來往。雖然他有外遇，但他卻從來沒有間斷供給家人日常生活所需要的一切。

父親很多時都是在我睡前才回家，他解說是因為忙於工作，賺錢回來。對此，我是沒有甚麼大的反感，因為每逢假日，他也會帶同一家人到處遊玩，大家也有開心歡聚的時刻。

青年時期，我好像未曾和父親有過親切交談和互相進入對方的內心世界，因為我覺得他總是以長者的身分來對待及管教我。猶記得深刻，就是他時常強調着自己縱有些事情是做得不對。但所教我的一切卻是為我好的。雖然我還感覺不到他對我的愛乃關懷，可能是因為他沒有正面對我說過：「日明，我愛你！」

當我在外國唸書的時候，從父親寄來給我的書信，我才開始意會到他的偉大。在信中父親寫出在我成長以來從未對我說過的話，就是：「日明，爸爸很關心你，很愛你。」我為此而感覺得非常自豪，更把父親在我心目中的地位提升至最高。

現在正踏進中年，我很懷念童年時與父親相處的日子。回想起父親，他是一位節儉的人，他對自己的事是很清楚及有計劃的。從我姐姐處得知於幾年前，父親在加拿大住的時候，曾經有一次在酒家碰見一位親戚，飯後到停車場取車時，那位親戚原本是先離開酒家的，但他卻駕着名貴房車刻意地在等我父親出來，為的是想揚威啦！但我父親卻沒有動怒，只是輕輕地說：「遲些我一定會買番架威過你的！」其實以父親的能力，他隨時可以過着奢華的生活，就是因為他對我們子女的關懷及照顧，才不會隨便動用預留為我們建家及安居的錢財。他所付出的愛使我感受到也應當要同樣地去對待自己的子女們。去年尾，他回香港辦妥了所要做的事情，安頓了我們幾兄弟的生活，打算回加拿大安享自己的晚年時，天父卻靜悄悄的把他招回去了，而他自己買靚車的計劃卻始終沒有實現到……。

說到這裏，我實在是有些慚愧，我好像以前曾怪責過父親沒有把自己內心的情感直接流露出來，其實我又何曾對父親說過一聲：爸爸，我愛你！

現有三個兒女的我，祈望能更開放地以言語及行動去表達對子女們的愛。同時，我也很欣賞大兒子的坦率及對我的敬愛。

【小賞】兒子寫題為「我最敬愛的人」的作文，最敬愛的竟是他父親（作者）！作者甚為感慨，由此反省和父親的關係，所舉例子雖細小平凡，但頗為傳神。文章最後又回到自己和兒子的關係上，前後呼應，發人深醒。

莫待追悔空遺恨

·唐巾雄

父母一輩中國人沒享過多少福：在日本侵華戰爭中驚慌失措、在內戰中不知所措、在文化大浩劫中迷惘無措。人生經歷了一場又一場的惶、惑。而在父母的苦難人生中，我扮演了一個叛逆、任性的女兒的角色，加沉負荷。

少年時的狂妄、倔強，使父母無法和我溝通，竟要靠紙筆傳情！記得有一次，我在旅途中受阻，延誤了兩天才到家。見書桌上有母親字跡的紙條，寫着「心中焦急有誰知」，我這臭丫頭，當時感動並不深，依然一心只想遠離家中，享受自由的生活……談戀愛！母親查知不妙，馬上把我帶離居地，臨行父親塞給我一封信，力陳害處……

成年後，父母已近晚年，應該是輪到了兒女保護、關懷父母的時候，我卻依然叛逆不改，又追求着渺茫的離國夢，忽略做女兒的責任。父女、母女間雖然已無藩籬，卻又有另一番痛苦。記得我到農村去，音訊杳然兩個月，在一個深夜回到廣州家中。在大門前叫喚，三樓上窗門打開，父母伸出頭來。只聽見母親驚喜的聲音對父親說：「真是她！我兒。」母親首次用了對兒女寶貝的暱稱，情懷盡露，我聽了已鼻酸。接着，樓梯上傳來急促的足音，大門打開，衣履不整的母親撲過來！母女相擁登樓，梯間父親伸臂相迎……和父親從城東漫步到城西的回憶亦歷歷在目，父親穿着藍色斜布短褲、白汗衫，一副順潮流的勞動人民裝扮，不時在我說話時轉臉向我。眉頭緊蹙，投過憐愛又帶憂慮的眼光。一路上問他累不累，總回說不累，父女就這樣談國事、談家事，心靈相通談呀談……

如今父母已相繼去世多年，卻常來夢中相見，夢迴總伴嗚咽……。為甚麼少年人總逞強叛逆行，拒絕父母保護？為甚麼人總在最後才知道，父母是最可貴的至愛？追思雙親，有不盡的疚歉、悔恨：悔……悔……。母親驚喜的呼喚；父親憂慮的眼光似總跟隨我。天下為人子女者，能不體驗詩人吟嘆「兒欲孝親不在」的心情，實在是福氣啊！

【**小賞**】作者充滿疚歉之情寫了她與父母的相處、接觸，為自己的叛逆而悔恨不已。文章雖短，寫得都是零碎的瑣事，但好像一組由片斷組成的電影鏡頭，將懊惱、自責、親密、懷念之情交融起來，很耐我們咀嚼。

眾生平等

・唐姨姨

甚麼貓呀，狗呀，小白兔等等，都是我小時候害怕的對象。一次給蜜蜂針了一下，從此對小昆蟲也起了戒心。

一晚，睡牀天花板上，不知怎的伏着一隻大蜘蛛，牠那八隻又黑又長、毛茸茸的爪子，使人看見就吃驚。我「嘩！」的一聲驚叫起來，抱着睡枕衝出房門外。

「怎麼回事？」爸爸匆匆趕來，連拖鞋也沒穿上。

我指指房間天花板，喘了口氣，說：「看，好大的一隻蜘蛛！」

爸爸瞥了蜘蛛一眼，裝作鎮定的樣子說，「有甚麼好怕，別管牠就是。」

「爸爸，你拿殺蟲水來噴死牠好不好？」

「不好，眾生平等。」說着，他去忙自己的工夫。

蜘蛛伏在原來的地方，動也不動。

我在房間口瞪大眼睛，緊緊盯住蜘蛛，動也不動。我怕一眨眼牠就不知到那兒去，要是牠有毒，或身上帶有細菌，半夜才出來咬人，那怎麼好？真的非要立即打死牠不可！

我着急，幾乎想哭。幸好媽媽從外婆家及時回來。

沒有誰比媽媽更聰明果斷，她吩咐我到廚房把蒼蠅拍拿來，請爸爸捧着個膠水桶備用。

一切準備就緒，我們如臨大敵。媽媽看準那隻大蜘蛛，用盡全身力氣，以迅雷不及掩耳的速度，大力一拍！

好啊，大蜘蛛給擊中了，從天花板上墜下，爸爸舉高水桶，本來要接住蜘蛛的殘骸，免弄污被褥，怎料竟接不中，一團捲縮着的東西，剛好跌進爸爸穿着的那件晨褸的大口袋去。

我和媽媽鬆了口氣，看見爸爸狼狽的樣子笑彎了腰。

爸爸邊處理口袋裏死去的蜘蛛，一邊喃喃自語，「眾生平等，應該把牠趕走就是！」

有時，我家一些地方被灑上爽身粉，這是爸爸防蟻的方法。

甚麼貓呀，狗呀，小白兔等等，爸爸都很喜歡，所有小昆蟲他都善待，甚至連一隻小螞蟻也不忍心傷害啊！

【小賞】以一件小事——對待大蜘蛛的態度——寫出父親「眾生平等」的佛家思想，頗能刻劃出父親的部分性格。佛家思想中尊重生命的要義頗為可取；唯自然界中弱肉強食是某些生物相處的「法則」，面對於人有威脅的侵襲時，處理上就有區別矣。

想起許多事

・陳志常

往紅磡的小巴車廂內，飄揚着林子祥的歌聲：「想起許多事，想起許多情和……」。

想起這兩天的過程，真有點滑稽的感覺；孝子喪母的角色，本應抱有悲哀悽苦的心情，我卻只有旁觀者的心態，外在角色行為完全與內心世界的情緒不相稱。

大媽高齡去世，親母叮囑我們三兄弟必須到靈堂盡孝子的責任，因大媽只出兩女，「跨過牀頭也是父母」，擔幡買水的任務自然落在大哥身上。我排行第二，結婚廿多年來和大媽一家人好像只見過一兩次面；並非仇仇怨怨的纏擾而鬧致老死不相往來，回想起來就因為我排行正中，在上一代的恩怨情仇中剛好可以隱形逃避，有意無意地在這種家族關係中人間蒸發。反而弟弟年年節日都帶些月餅甚麼的跑到上水大媽家意思意思一番。

上一次和大媽見面，是在婚後不久參加一個家族宴會上，親母特意帶我和妻去向她請安，好讓她見見媳婦兒。

在靈堂上對着她的遺像下跪，就只記得兩件和她有關的事情。

童年時大媽也有一段日子和我們同住。我自小多病痛，親母對我的飲食特別注意和嚴厲管理，尤其禁止食用脂肪過高的肉類食物。有一次親母回鄉半月，大媽知道我喜好肥豬肉，一日三餐供應不絕，而且弄得美味無比，日日如是。起初久旱逢甘露，盡享大快朵頤的樂趣，吃得十天八日，見到肥肉都起雞皮。到得親母從鄉中回來，奇怪我竟不再吵着要吃豬肉了。

另外就是一個很不愉快的經驗。記得少時家中用炭爐煮食，每天晚上煮好飯菜，大媽就放一大水煲在炭爐上，以免浪費炭火，待得我們吃過飯後，水就熱了。剛放下筷箸，大媽就催促我們去洗澡；飯後不想立刻洗澡的我，總愛和她頂上兩句嘴。

之後，她跟父親去了南洋一處叫做婆羅洲的地方住了多年，再回港時就沒有見面了。

父親是穿梭往來香港和婆羅洲經商維生的，回港定居卻是為了治理癌病。在眾兄弟姊妹中父親對我算是疼惜有加的，每次回港辦貨時，總帶同我去出席應酬場合。我對父親引以為傲的，是他在任何情況下都不吸煙、不喝酒，賭錢時時總帶幾分運氣，高佻肥大的身材，外罩一件長大衣，較曹達華探長更有型。無怪乎我對一件類似的古老長外套情有獨鍾，保存它超過廿年也不願捨棄呢！

好像是六歲那一年吧，有一次父親外出不帶我一塊兒去，我大聲哭鬧着追到大門口，回轉頭他作勢要打我，嚇得我瞌上了眼。遲遲都未有被打的感覺，停了哭聲打開眼睛看看發生了甚麼事情，原來他已改變了手勢，從褲袋內取出一角錢幣，放在我手中，不發一言就出去了。慈悲的情懷學也學不來，溺愛子女的方式倒也傳下去。

父親去世時，母親知道我性情木納，唯恐我在靈堂沒有哭聲以示哀痛，見笑大媽一族，辭靈時不知是不是真的感情湧現，大把眼淚大把鼻涕地哭將上來，算是交了差。廿多年後穿麻帶孝的跪在大媽靈柩面前，冷漠如故，卻想起許多事……

【小賞】對大媽關係疏，感情不深，作者照寫不違；由大媽的去世寫到了父親、親母的生活瑣事、性格，語氣平靜幽默，也算是一份感恩和紀念。

生命的流程

· 潘夢圓

每當我去到護理安老院看望母親時，總是百感交集。

近年母親年邁多病，兼且得了癡呆症、白內障、生活不能自理。我們兄妹各人雖然都已成家，育有兒女，但因工作繁忙、居住擠迫，父親幾年前中風去世，誰也沒法日夜護理母親，幾經商議，最後大家合資奉送母親到安老院。我們兄妹常常去探望她，送些她老人家喜愛的食物，陪她度過幾小時，便是我們親情最快樂的時光。

最近半年，每當我來到安老院母親的跟前，她都認不出我了。有次向人介紹我是她的婆婆，令人啼笑皆非。談起家常事，慢慢她也會記起我的丈夫及兒女的往事。忽然會大罵護理人員，說不給她吃飯；忽然又高聲唱歌，影響其他老人休息。目睹這一切，真令我心酸。

回想母親的一生頗為坎坷和艱辛。她原本出生在南海一個富有家庭。家人在香港南北行開有老字號藥店「百全堂」，生意興隆。自小嬌生慣養，愛耍小姐脾氣。高中畢業後與父親成婚。嫁妝很多，還有婢女「雪花」陪嫁。但父親只能舞文弄墨，不善經營生意，苦心開辦的金鋪、印刷廠相繼倒閉，而孩子卻一個個出生，家庭負擔越來越重，由於家道中落，生活便日益式微了。

母親先後生育了我們十二個兄妹，剛好「一打」，親友笑說養了「一窩小豬」。在那三、四十年代，國家面臨內憂外患，遍地兵荒馬亂，億萬百姓處在水深火熱之中。我家這窩小豬也個個張口待哺，能有幾多溫飽的時刻？得到幾個健康的成長？幾個哥哥及弟弟便因貧病在少年時夭折了。這一切對母親無疑是個不小的打擊，但是這又能怪誰呢？餘下我們幾兄妹都要在叔伯親友的接濟和幫助下才逐漸長大成人。

從我懂事的時候起家庭生活後來沒有好過，都是靠借債度日。偶遇順境，父親及哥哥找到工作，家有少許多餘的錢，母親又不會勤儉持家，較少關心兒女的學業，而是終日沉迷雀局，贏少輸多，常常把基本的生活費也賠上了。這樣的家境，子女能有多少讀書的機會！大多讀完小學，有的讀至中三，能讀至高中、大學，都是回內地依靠助學金才能完成較高的學業。我們兄妹全是靠各人的拚搏尋求自己的出路。為此，我們兄妹對父母，尤其是對母親，時有微言。

「誰言寸草心，報得三春暉。」凡是兒女都有對父母報答不盡的養育之恩。過去幾十年的風風雨雨，恩恩怨怨，有些是時勢造成，有些是父母未盡其責所致。如今，為這些恩怨仍怪責自己垂垂老矣的母親，則太不應該了。

我們每個人都要經歷生、老、病、死各個階段，誰也不能例外，這也許就是生命的流程。母親如今已屆八十八高齡，還能活在世界上多少年呢！即使多活兩年，目前已癡呆的她又能享受到甚麼呢！趁她尚在世的這幾年，我們做兒女的不應有絲毫的怨言，始終要侍奉她老人家走完生命的最後歷程，直到她到遙遠的天國去作永恆的神遊！

【小賞】母親老矣，且得了癡呆症……所寫情景令人讀了心酸！此情此景，我們上一輩的任何失責、欠缺，已如水化解，不必再計較。正如作者所說「有些是時勢造成」……我們的責任是盡情照顧和侍奉，問心無愧。

爸爸的珠鏈

・謝理玲

「我們很喜樂地看着妳時常運用眼神表達心意，但難免沒有擔心。因為當妳弟弟懂得說話的時候，已是兩歲多的小人兒，仍然不懂得呼喚媽媽……」這是冬日一家圍攏在牀邊，其中一個引起人興趣的話題，這是我小時候的寫照。

我的女兒品品很好奇地追問外婆：「那麼為甚麼現在的媽媽總有說不完的話題，說話的速度又是這麼快捷？」

那溫馨的畫面總會凝聚在我眼前——一個年輕的父親在晨曦未至時分，總會擁抱着他摯愛的女兒，在清新的空氣下，在寧靜的花圃中，耐心教導她說話。雖然他要準早上七時趕返工廠上班，但他總是這麼專注地引導她，一字一句，一心一意……他相信遙遠的傳說，在晨曦學說話，會是最有效的。

「啊！媽媽第一句學會的話語是甚麼呢？」品品像小偵探地查詢，我重溫着數十年前的第一句，很熟悉也自然地回應：「是——爸爸……」

我與父親相視一笑，這一句「呼喚」蘊含着無限的感恩。目前我在「兒童之家」推行輔導服務，父親對我專注與耐心的引導，也啟發了我全情投入地引導孩子的信心。我的信念是「天下孩子皆可教」——引導啟發地教、關懷耐心地教、多姿多采地教、轉換環境地教……只要掌握運用適合方法，只要能感動孩子的心……

「理玲，一般社工的衣飾都會較殷實，妳總是喜歡左披一件，右披一塊，頸項上總有轉換不完的飾物……」仍是在鄉村任實習社工的我，督導講師潘嘉麗女士（Mrs Clare Bonneu）已察覺到這個特徵。她幽默地說：「妳擁有豐富的色彩，巧妙地配合妳的工作的創意，我很欣賞妳……」

被人用色彩豐富去形容，已不是第一次。讓我帶你進入父親在大埔墟的染廠吧！以便解開這「多色多采」之謎！父親將原本是半透明的塑膠珠，一串串地用木架連貫成一板，先染好所需要的底色，然後像魔術大師般左手一掃，右手一撥，將色彩融入其中，再送進焗爐加熱。他告訴我：「火力必須適中……」出來的珠串各有各的精采，沒有一粒是相同的。

兩父女融入編織不同的色彩系列，父親陪同我尋找滿懷創意的夢，煥發易感的心。他呼喚我：「理玲，妳看！這是冬日的氣氛，那是夏日的節奏……」「啊！爸爸，我看這一串珠融和着春與秋的特色！」「唔！那便喚作春秋之頌歌吧！」父親欣賞地回應着。

由木架上拆下不同的珠粒，有時出自母親的設計，有時來自父親心思。尚是小時候的我，非常樂意成為一個試戴的娃娃，我體驗不同系列的組合，每一粒都是他的心血，每一顆都與眾不同，每一串他都珍而重之。父親敬業樂業，他喜愛製作和設計「人造珠飾」。

父親退休了。當年只有兩歲的品品非常神秘地告訴我：「媽媽，外公牀底下是一個寶藏，內裏藏着很多珠寶……」我微笑地回應：「我是他的女兒，我瞭解，也明白。」小品品總會懇求公公為她精心設計一串。我也會風雨不改地配戴父親設計的珠串。也就是為甚麼我總有配戴不完的珠鏈，盛載着父親無窮盡的關懷。

下次一家再圍攏一起時，我會試問喜愛發展電腦的弟弟，任律師的妹妹，怎樣融入父親的創意？至於女兒品品，在暑期青少年藝術作品展中，她在「藝術館」為外公介紹她製作紙藝的過程，怎樣染色，怎樣組合……只見爸爸聽得入神，我則看得感動……

【小賞】一篇蘊含人生哲理的美麗之作。將父親、我、小女兒的三代親情放諸「色彩」「珠鏈」的描述中巧妙體現出來；「我總有配戴不完的珠鏈，盛載着父親無窮盡的關懷」是其內涵的一個重要方面。

母親的最後一程

・千仞

母親去世已經五年多了，對她的死，我至今還懷有深深的內疚，常想：母親當初要是不移居香港，那她人生的最後一程該不至於如此孤寂，如此艱辛吧？

那一年，母親來港探望子女，剛抵步就表示要留下終老，不再南歸；我們略略商議，就輕率地同意了老人家的要求，滿以為兄弟姐妹八人，定居香港的就佔了一半，母親晚年要見到所有子女，畢竟比留在印尼容易得多。

其實問題可不那麼簡單。

弟弟居所大，條件好，母親就住在他那兒。每天早起後，上班的上班，上學的上學，不一會兒就剩下老人獨自守着冷清清、空蕩蕩的房子。她聽不懂廣東話，看電視不知所云，索然無味；香港這樣的環境，街坊鄰里之間互存戒心，母親從來不敢開門，更不可能與鄰居交往溝通，不像在雅加達，站出家門口，就可以和相熟了幾十年的左鄰右舍聊起家常來，隨時可以找到談話的對象。

她起先還寄望於用睡眠打發日子，但是一天廿四小時，總有夢醒而百無聊賴的時候，她開始感到寂寞了，好不容易盼到節假日和子女相聚，言談間，她會道出一句半句心裏話：「天天就我一個人在家裏」，「我只好跟自己說話……」

可是她也明白，我們人人打一份工，手停口停，誰又能整日陪伴着她呢？漸漸，母親比前沉默了，她有些悔意，但是遲了，印尼證件過期作廢，回不去了。

自從先後摔了兩次跤以後，她的健康狀況更急轉直下，明顯滑坡。半年間，老人受盡了病苦的摧殘折磨：先是患風濕，膝關節腫痛，難以屈伸；而後服食了風濕藥，又引致胃出血。母親再也離不開病榻，生活不能自理了。我們想到該從印尼僱個女傭來，可是遠水救不了近火，終於只好未經母親本人同意，把她送進了老人院。沒想到，就在這裏，她喪失了求生的意志。

她向我們投訴，家屬不在的時候，姑娘們常把她的手腳捆綁起來。捆綁病弱老人？也許是為了安全，但是我也真懷疑這是一種虐待的方式，因為有回撞見過，護理員給母親洗澡，把她赤條條綁在椅子上，膠喉管中的冷熱水，未經調試就逕直射向老人，只聽到母親虛弱地呻吟：「哎喲！燙死了！」「太冷了！」隔天，母親便感冒、發燒……

自此之後，母親不願進食，也不再開口說話！

母親的左腳踝外側因長時間臥牀，被牀褥擦傷，很快就潰爛壞死，危及生命，只好轉住醫院截肢；手術後，母親對少了一條腿，似乎並不察覺，依然一言不發。其時老人已經骨瘦如柴了……

正當我們心如刀割，無所適從的時候，一九九零年七月十四日凌晨三點多，母親走完了八十三年人生旅途中最後的、也是最艱苦的一程，在病房中悄悄地離開了人世。嚥氣的時候，沒有一個子女在身邊！

母親死得很寂寞很孤清。我的沉重的負疚感也就像一塊巨石壓在心頭，從此不得解脫。

【小賞】讀之令人不忍，天下為子女者能不為這位母親的慘清去世而同聲一哭！子女都在為口奔馳，以致這位母親乏人照顧、晚景寂寞，最後落得在老人院走完一程。……大概有一些家庭是如此安排母親的，是否良策，長存爭議。我們很理解作者所表達的沉重負疚感。本文足引以為警。

扶桑會親錄

・朱建

大型747客機平穩地降落在東京國際機場停機坪上，我的心開始怦然跳動。在人頭攢動的旅客中，我看到了幾年未見的華髮雙親和已齊腰高的6歲小兒明媚的笑臉。

翌日，攙雙親走進超級市場，蘋果、香蕉、橘子、葡萄……哇！赤、橙、黃、綠、紫。兒子先跳起來，拉着姥爺一個勁往筐裏裝。媽媽主財政，深知柴米價。拿起一盒草莓：500日圓，手在小計算器上彈鋼琴，等於20多塊人民幣——嚇人，拎出筐外；再提起一棵白菜：250日圓，一彈鋼琴，10多塊，好家伙，夠貯存一冬大白菜了。彈來彈去，筐裏只剩一盒雞蛋。我開玩笑勸媽：「你小時候躲日本人，沒的吃，現在人家請你吃，還客氣甚麼？」奪來搶去，算是花足了1000日圓。

連續幾天，每每都是話不投機，二句嫌多。那幾天，飯碗摔、牛奶撲、鍋燒乾，爸爸幽幽地對媽說：「看來女兒家的洋葷我們是消受不了。」

很快地，父母已經熟路，於是銀座、新宿、後樂園、橫濱中華街、大阪、京都……。父母都是新聞業出身，1949年開始就在為社會主義謳歌。因此，他們最善於在體察中找反差，幾乎每天的話題都是新的。

父親忙裏偷閒，自己帶外孫去理了回髮，回來後大喊「上當」。說他在報社理回髮3毛錢，如今他們爹倆兒理髮的錢足夠剃光報社所有知識分子的頭了。「但人家那個服務真沒話說，連按摩推拿，弄得你暈暈乎乎，連孫子都給刮了臉。貴賤買個舒服嘛！」爺倆兒精神煥發地對着傻笑。

媽媽仍熱衷於「スーパー見學」（參觀超級市場）。那一瓶瓶光鮮牛乳，分門別類的豬肉、雞腿、對蝦，那久違了印度咖喱、法國黃油，還有江南老家的馬高魚（鮭魚）、蓬蒿菜（春菊），那曾頂禮膜拜過的坦桑尼亞芒果如今唾手可得。商店明碼標價，可退可換，女店員的笑臉和殷勤常弄得老娘手足無措，在不自覺中拎回大包小包。媽媽感慨地：「社會主義好是好，就是不像這裏這樣人都心平氣和，走到哪兒都是吵架聲，怎麼回事？」「資本主義的服務沒話說，處處為群眾着想。」媽媽近來老是語無倫次，但話出口都挺有滋味。

收穫最大的是兒子，他每天蹦蹦跳跳地去自動販賣機買汽水，再到市場去買巧克力糖豆，因為每盒糖豆中都有他最喜愛的變形金剛玩具的部分肢體。為了湊成一架金剛，他每天忠實地為商店捐250日圓，且樂此不疲。

兩個多月來，父母閱讀了大量海外報刊雜誌，世界同行不斷地告訴他們當今全球大勢和輿論走向。想想父親四十年代毅然放棄赴美之念，滿懷喜悅地迎接新中國的誕生。如今，建設了40多年社會主義，在追求與奉獻中白了頭髮。現在卻在藍色海洋的彼岸，看到了相對的社會安定，人民均富，政治民主的社會環境，又該作何想呢？

白天，我上班後，老小三人一前兩後，徜徉在鋪滿陽光的路上。小橋上鴿子逐人飛，橋下紅鯉魚一簇團，家家門前花草蔥籠。散步中，老父母時時和婦女們比劃着攀談，時而和外孫切磋日本話的發音，多少人生追憶、感慨、期盼由此而生就不得而知了。

轉眼三個月快到了，親人歸期已近。媽媽知我一向「遠庖廚」，每天變換花樣為我作家鄉菜，我也努力加餐，以慰親心。臨行前，爹媽提議仍把外孫留在身邊撫養，「沒有他的搗亂，我們會寂寞的。」我感到眼中朦朧。

飛機轟鳴，親人又將遠離。兒子依依不捨地在喊：「媽媽，回來時一定給我再買個大變形金剛！」我拚命點着頭，心裏在說：「兒子，你會在中國趕上想買多少變形金剛就買多少的時代的，一定。」

【小賞】篇幅雖不長，但節奏明快，話題集中，寥寥幾筆就把一家團圓時歡樂、有趣的事輕輕鬆鬆、從從容容地寫出來。難得是真誠客觀，有甚麼說甚麼；末尾尤其結得甚妙，餘韻裊裊。

在生日樂聲中……

・阮衍章

父親今年八十大壽，選中中秋佳節開生日會，我是長子，理當前往雅加達向他拜壽，共享天倫之樂。

鷹航在雲層翱翔，思緒卻將我載回童年，時光倒流半世紀。我幼年喪母，父親成日忙於店務，庭訓欠周。記得我上幼稚園，無心向學，只考個第37名，父親知道了，很是惱火，二話不說，叫我站到秤台上，抓起雞毛掃就抽，我護得屁股蛋，卻顧不得大腿，宛如踩着火炭似地活蹦亂跳……我後來慢慢明白：父親14歲隨伯父出洋，沒唸幾年書，識字不多，世代無書香子弟，書讀得較多的小叔，卻英年早逝……因此他望子成龍、光宗耀祖的冀望便落在我身上，不打怎能成器？

這一打果然靈驗，我學乖也爭氣多了。父親常站在我身後窺探我驗數學題、描紅字帖，他會滿意地露出笑容。上了小學，我年年考第一。記憶中，我沒再挨過籐條揍。

父親的家教，身教多過言教，講不了多少道理，卻言出必行，以身作則。他常以唯命是從的孝子而自豪：「祖父不讓吸煙、喝酒，我從來煙不碰、酒不沾。」吃飯時，他也常搬出祖父的話說：「一粒米，三滴汗」，要我們珍惜來之不易的糧食，碗碟裏不剩留粥星，飯桌上倘掉落飯粒，叫揀起來。他自己確是這麼做的。

他掃地有一手。平日見雜亂無章的貨物，總要吩咐夥計重新擺好疊齊，不合意乾脆自己動手，挪移搬遷，隨即拾取掉落地上的魚乾片花生仁等。掃地連牆旮旯兒都不放過，縫隙裏藏物也要摳出來，然後撕張報紙，平鋪貼地，腳踏兩端，將碎雜物連塵土一起掃上來，倒到圓簸箕上揚兩下，棄去屑皮砂塵。留下的紅蔥瓣兒、綠豆丁之類東西，分別歸回原袋……那認真勁兒並不亞於河沙裏掏金。

可惜，在父親最需要助手的艱苦歲月裏，我回國升學，逼得未成年的弟弟們提前充當我的替身，所幸他們繼承父親勤儉的品德，實踐中學會營生本領，接掌店務，後來發展成六家鹹魚、土產商號。他們大多成家立室，各有自己的家居、汽車……反看父親長子的我，書讀到大學，卻尋不見書中黃金屋，我來定居香江，寄身之斗室還是拜父親所賜。我辜負他的期望……不覺汗顏而醒。

八弟開車接機，一路聽他介紹父親的近況，每日到摩納斯廣場做操、小跑，不少於2小時，運動到汗流浹背才肯罷休，風雨無阻。他所以能有效控制糖尿病，勤於晨運之功不可抹。見到父親，果然氣色非凡，精神矍鑠。

父親不減節儉本色，我要給他度身訂造一套西裝，他老推說有了，高低不肯。誰不知道他那一身舊式西裝自二弟結婚當主婚人穿到八弟迎娶，而且繫的是同一條領帶，不見他換條新的。他年年生日禮物中不乏印尼禮服，也不見他過節拿出來穿過，倒是那件口袋被墨漬染污的短袖襯衫，穿了又穿。

生日會開了九席，祖孫三代濟濟一堂。父親難得穿上岧澤花禮衫，煥然一新。大家和着播送的生日樂曲，邊唱邊拍手。孫輩們簇擁着公公切蛋糕，吹熄蠟燭，齊齊吃壽麵，一片喜氣洋洋。我祝福父親長壽，壽比南山，福如東海。

【小賞】父親八十大壽，「我」飛越海山拜壽，實是人生天倫之大樂。僅通過幾件小事，一位嚴格、認真、一絲不苟、節儉、樸素、熱愛生命的父親形象便呼之欲出矣。本文最大特點是記敘具體，能以具體事例刻劃人物個性。

媽媽的便當

．李筱潔

一個不起眼的金屬盒子，伴着我一起度過小學、初中、高中，每到中午吃飯時間，打開盒子一瞧，準能發現媽媽無盡的心思和愛意。

二十多年前，當時台灣的學校皆有蒸飯的設備。每天一早，當天的值日生領回一個木製的筐架，同學們紛紛由書包中取出便當，排列整齊，由值日生合力抬到蒸飯房中。待中午十二點正，第四堂課一上完，值日生再由蒸飯中尋回本班的木筐，將一盒盒熱氣騰騰的便當抬回教室，同學們各自再找出自己的便當盒。

「你媽媽真好！每天的菜都不一樣！」同學們不止一次流露出羨慕的眼光，緊緊盯着我便當盒內的菜式。有些同學甚至將他日復一日，差不多的菜式展現在我面前，皺着眉頭要和我交換。當時我的同學家境通常較我好些，甚且有些人家中有田有地，但他們的便當盒中僅盛載前一晚的殘羹賸菜，相對於我的便當盒中一定是當天一早才煮好的三、四種小菜，雪裏紅炒肉絲、青椒炒胡蘿蔔、荷包蛋，有時加上媽媽自己烘製的魚鬆、肉鬆。無論媽媽有多忙，她一定起個大早，將所有便當盒備妥，親自交到我們手中，含笑目送我們上學去。待我們下課回到家中，將便當盒交還給媽媽，媽媽再逐一將它們洗乾淨，晾回碗櫥中。偶爾發現未吃完的飯菜，一定仔細詢問：「是不是病了？還是有同學欺負你？要不，是不是考試考壞了？」這時我們撒嬌的撒嬌，跳腳的跳腳，將學校生活一五一十與媽媽一同分享。在小小的廚房中，媽媽準備晚餐，我們一面做功課，一面嗅着飯菜傳來的陣陣香味。

高中畢業後，我們姊妹們一個個出外讀書，畢業後，又在大城市中謀得一份工作，回家的日子更加減少。媽媽常說，她不求富貴。也不希望我們買些甚麼孝敬她，只求全家人能圍坐在一張大圓枱上一起吃飯。雖然她的要求微不出道，我們一年也不過幾個大的節日才約好一道回家。那時才見她忙進忙出，忙得不亦樂乎。

媽媽今年過世。我們姊妹回到家中，走進舊日與媽媽最常聊天的廚房，頓時覺得這兒已變得冷清不堪。所有的鍋盤碗筷全還是舊模樣，唯獨缺少最愛它們的主婦。現在輪到我們掌廚，做出來的飯菜已不是以前媽媽那種味道，這才知道，媽媽的每一餐飯都滲入了多少愛心，所包裹的每一個便當，包含多少耐心及期望。對着我們供奉的一碗白飯，三、四樣小菜，黑白相片中，媽媽嘴角有無限包容的愛意，像在鼓勵我們：「笨手笨腳沒關係，慢慢來，不要急啊！」

【小賞】以小見大的模範之作。母親對子女恩重如山，情深似海，可寫之事何止千萬樁。本文只集中全力寫母親的「便當」，讀之我們當會明白，便當盛的是比飯菜更重要的心意。母親過世後，作者寫「所有鍋盤碗筷全還是舊模樣，唯獨缺少最愛它們的主婦」，可屬「風景依舊，人面全非」的變體。淡然出之，其實悲涼深切。全文深入淺出、明快淳樸、委婉含蓄。

人間幾多是真愛

．琅璧

瘦削的臉膛爬滿了皺紋，背微微地駝，封建時代遺留下來的一對小腳蹣跚而行，這就是母親晚年時的形象。這一生雖然一直飄泊異鄉，但母親的形象不時在我腦中搖搖晃晃，那樣的顯明，那樣的親切。

母親秉性認真而嚴肅，對許多事務都要顧及得面面俱到，甚至對一些重大事情也要參與運籌決策。我們兄弟姊妹總共九位，要組織好這麼一個大家庭實在不容易，全靠母親含辛茹苦，趕早趕晚地扶養長大。母親原為福建平潭島人，又裹着小腳，乍望去外形就是一位鄉間村婦，但她的思想意識卻不落伍，思考問題也很敏銳，一點也不拘泥於小框框。我幼年住在印尼東加里曼丹一小鎮，學校教育僅限於小學程度，身為父母者，面對這麼多孩子們的學歷問題，當然不能無動於衷，母親極力主張擺脫這落後的地區，在父親面前不厭其煩地辨析疏理，強調孩子們選擇前途的重要性，所以在我十二歲那年舉家搬到中等城市S埠，後又遷到爪哇島印尼第二大城市泗水，它是印尼政治、經濟、文化的中心，在這裏我們不僅可以得到良好的教育，而且我的兄弟們日後都在商場上得以有機會展開拳腳，成績也不俗。這證明了母親是一位獨具慧眼又有遠見的家庭主婦。

我最欽佩母親之處是她的持之以恆的不屈不撓的奮鬥精神。在她的後半生，經常參加教會的活動。因為要能熟讀聖經，就得攻克文盲這個「關」，在她過了半百的年紀，開始起步學習印尼文，三幾年時間完全給她學會了，但由於對當中的遣詞用語往往不易理解，深感作為土生土長中國人要學好異國文字往往不易掌握其精髓，唯有學習本國語言比較容易理解文字所表達的精神實質，所以她又轉了一個方向去攻讀中文，在她六十歲左右卻把這個難關攻克了。

我二十幾歲就離開父母及兄弟姊妹隻身回到中國大陸深造。這以後，我幾乎沒有甚麼機會與母親見面，但她依舊那樣操心勞神，不時來信寄予關切之語，也不時托人寄些東西來。「每逢佳節倍思親」，除了寄予遙遠的懷念，自己實在也無能為力。

中國文化大革命之後，我也有了家室，母親因擔心我們的日常生活狀況，不想我們淪為「老小二」──「年年難過年年過」。不畏艱辛，由千里迢迢的椰蕉之鄉穿雲渡水而來，代我們申請出國，乍見之下，不禁悄然暗驚，唉，十多年不見，歲月留給她的痕跡那麼的明顯而深刻。

我最後見到母親是在八二年，由大姊陪她去新加坡治病，我也由香港飛往彼處探望她。睽違多年的母親顯得蒼老多了，久病纏身，變得異常虛弱。在新加坡逗留了個多月，最後還是大姊用輪椅把她帶走。在機場大堂，我一直撫着老人家枯柴似的皺巴巴的手臂，她沉默地低着頭，一隻手抓着毛巾不停地捣着眼。依依難捨。進入禁區，走了很遠，她還回首向我無力地招手。

次年冬天，母親因病重沉疴不起。為了手續問題，我誤了行期，匆匆趕赴彼邦，惜已緣慳一面，所倖終能扶其靈柩，送她入土為安。

【小賞】本文在敘述母親時充滿了自豪感。是的，外形上看去有如鄉間村婦的這位母親的確不簡單：她不但重視孩子的學業前途，且自己以身作則，又學印尼文又學中文，好學不倦。僅這一點，就令人欽佩不已。

母親的期待

・張漢基

母親辭世已經十五年。十五年前，當聽到弟弟傳來母親噩耗的消息，悲痛之餘，我第一個想到的是要舍弟給我一張母親生前的近照。我得到之後，放大，掛在臥室的牆上，時時端詳，她的音容笑貌彷彿又活在我心中。我為甚麼如此迫切要母親生前的近照？因為幾十年來，我跟母親聚少離多。在我九歲的時候，她就把我從馬來西亞送回祖國唸書；一個不滿十歲的孩子，遠離母親膝下，她的懷念和惦念之情可想而知。

我母親是一個目不識丁的家庭婦女，她除了秉着做人的本分，料理好家庭，勤勞儉樸，希冀子女他日有成之外，對社會沒有做出過轟轟烈烈的事，有豐功偉績，為人崇敬。但母親本身的偉大，匡扶家庭，衍生後代，從而將社會推向前進，這是平凡中的不平凡，因此，值得我永遠懷念。

我對母親的崇敬懷念之情，還在她當我童年時候對我的期望。

我家從我上溯四代都是文盲。因此，當我作為長子一出世，母親就對我寄予厚望，希望我做我家的第一個秀才。在半個世紀前，文化不普及，讀書是較富裕家庭子女專利的年代，對一個礦工的家庭來說，寄望自己的子女讀書有成，不是有點奢望嗎？可說那時母親的想法是很大膽的。五歲時，我因淘氣、玩水，不慎掉進井裏。在馬來西亞的那口井，遠離住宅，好在父親因久不見我在屋裏玩，尋找到井裏，把我救起，才沒有夭折。當時，母親沒有打我也沒有罵我，只是流淚，悲泣地對我說：「你這樣貪玩，怎對得起娘對你的期望。」童年的我，雖不甚瞭解母親的期待殷殷，但她的悲痛心情感染我，對自己的頑劣調皮有了後悔之意。

母親的眼淚，以後就成了鼓勵我刻苦上進，排除困難的動力。

我回國唸書，與父母相隔萬里之遙，很小就需自己照顧自己。

一家人的生活全仗父親當礦工的微薄收入來維持，所以寄給我唸書的錢很有限，得靠自己的節儉來度日。

在學校唸書，除了在飯堂吃飯之外，極少有餘錢買零食。放寒假，家在本市的都回家去了，我遠離家鄉就留在學校裏。洗澡，學校沒有熱水供應，下雪天，用冰冷的自來水沐浴，咬着牙關，挺了過去。牢記母親的教導，艱苦努力，完成學業。

前年，我攜妻去馬來西亞探望耄耋之年的父親。見面時，開口說的是：「真是天不假年，你母憂患勞苦一生，都望子女有好前程。想不到，她竟然去了，等不到你來。」我痛惜母親早逝，說不出話來。在上墳時，我把大學文憑的影印本和最近出版的著作，焚燒母親的墳上，讓她老人家知道兒子一生都緊記她的教誨，時時刻刻為實現她的心願不懈地努力。流下傷心的眼淚，並祝願她息勞歸主。最近，女兒要出國唸書，家訓雖是老土，不切時宜，但我還是說了，讓她那年輕的心，更深刻地理解祖母為我家的幸福建樹良多，成績彪炳；你攻讀在外，他日有成也算是對九泉下的祖母的一個安慰吧！

一九九五年八十五日

【小賞】往昔，「我」遠離父母求學；如今，「我」的女兒又將離開自己出國唸書。這是一個重複和循環，也因此，「老土」的家訓一代又傳一代。父母的期望總是對的，因為這種期望有益社會，它「匡扶家庭，衍生後代，從而將社會推向前進」！偉大也就蘊於平凡之中。

父親——亦師亦友

・楊金蓮

從小到人，我是在書叢中長大，乃是拜吾父所賜。我雖是女兒身，卻從未曾被當作「賠錢貨」（舊時代重男輕女對女的輕蔑），爸爸要我多讀些書，將來成個女狀元。凡是好書，他決不會干涉我買，還訂了不少雜誌給我看，中外書籍應有盡有，還在小學，我已在家有一個小圖書室，班上同學都喜歡來我家看書。

四、五十年代，父親是封建社會的反叛者，他才不相信「女人無才就是德」的鬼話。小時，爸爸從不准我去下廚房學烹飪或學裁縫、針線活等，他要我多看書，他的理論是：「到了40多歲才去學那些手藝還來得及，讀書就不行了。」到我中年時，再回想父親的苦心教誨，我由衷地感激他，使我作為一個女性，在面對突變的境況時，仍可以有所持地、堅強面對並處理之，如今，想起當年，為了讓我更好地溫習功課，爸爸親自下廚給我炒米粉等的情景，真是回味無窮……

記得我年幼時，有一天，爸爸很有興趣地告訴我，《世界兒童》中有填字比賽，填對了會得獎，把我吸引住了，就趴在桌子上絞盡腦汁地去一個個填、填完後叫爸爸改一改，他不肯改，照寄了出去。他說：「做人不可騙人，是對是錯，都是你的成績。」我日盼夜望那個獎品，當揭曉時發現自己落空，幾天也沒笑容，差不多要洩氣時，爸爸卻買了一大堆的書給我看，他說書裏面有黃金，我半信半疑，以為偵探小說，我問爸爸：「黃金在哪裏？！」他哈哈大笑起來，說了一句：「書中自有黃金屋。」我似懂非懂，很納悶。一年後，有一次放學回家，爸爸喜滋滋地問我：「你想要甚麼？」我想到班上有個同學戴手錶很神氣，就回答：「很想要一個手錶。」他拿出雜誌出版社寄來的獎品給我，並自己加送了一個錶給我，我高興極了。此刻，我猛地想起並明瞭了爸爸的那句話：「書中自有黃金屋。」

爸爸自己也很喜歡看書，無論是歷史讀物、政治書籍，還是文藝小說等等，他都愛看。我學他迷住了《三國演義》，尤其是「桃園結義」那一段，對關公真是崇拜極了，他的豪邁、有情義形象，一直是人生旅途中最深刻的。大概也是這個原因，我雖然是父母的第一個掌上明珠，童、少年時代過得無憂無慮，儼然是千金小姐，但爸爸一直教我們為人處世之道：不可驕縱，自以為是，眼中無人；不可蠻橫無理，亂發小姐脾氣；不可看不起他人，勢利交結朋友；一定要尊師重道，禮待任何人，包括司機、傭人、工人等低層人士。所以，我們長大後，都擁有很多朋友，就像當年父親一樣，朋友遍天下……

常聽到人們說：「子不教，父之過。」我深信這個道理。今天我能擁有知識，得到很多很多朋友，全是因為父親的教誨，令我一生受惠。我永遠敬愛、永遠懷念我的爸爸。

【小賞】文中的爸爸屬於重視知識、學問的「一族」，作者寫到他的言行、細節、教誨，都頗為具體生動。爸爸這種對文化的開放態度和期盼可謂對「我」影響至巨：今日，「效果」已經可以看到了。

月亮的故事

·曉帆

馬來亞半島西岸，浪花飛濺，鷗鳥騰翻。那裏，有一條小河，涓涓地流入馬六甲海峽。岸邊，有一座鋅板房頂的雙層木屋，深藏在蒼翠勁拔的椰林裏。這就是我出生的地方。我苦難的童年是披着戰火的硝煙度過的。在三年八個月的漫長而黑暗的歲月裏，我從未見過媽媽的一絲笑影，而聽到的只是時代的哭泣和簡樸的月亮的故事：

月光是硝煙遮擋不住的。媽媽常常喜歡在椰樹下納涼，手裏拿着葵扇，一邊給我搧風，一邊為我趕蚊子。月光從樹梢撒下斑駁的幽影，使我隱隱約約地看到她眼角浮現魚尾紋和認真講故事的神情。我已記不住她講的「天狗」是如何「食日」的，也記不清「嫦娥奔月」的情節；只記得她的葵扇一搖，總是搧着半個圓，跑出來的，全是嘮叨的故鄉的月亮和辛酸的故事，不講不圓，講也不圓。我當時怎能明白她那月亮垂掛的地方。

我只知道，一九五四年的三月三日，是個比死還殘酷的日子。那天一早，當我穿上鞋子，俯身綁鞋帶的時候，突然淚如雨下。媽媽站在身旁，泣不成聲。後來，她一隻手搭在我肩上，聲淚俱下地吩咐道：「那邊很冷，要注意穿衣服；要讀成書；娶新娘要身體好的。」我哭成淚人。裝滿她的囑咐，依依不捨地走了。只見媽媽牽着還不大懂事的幼弟，在橋邊哭。目送着兒子遠去……原來，生離是一把雙頭尖刀，一頭刺傷媽媽的肺腑，一頭刺穿兒子的心靈。

不久，我來到了媽媽惦念的月亮垂掛的地方，見到了她出洋時，留給祖母養的姐姐。當時，悲喜交集，哭得站不住腳跟，我卻綻出莫明的傻笑。當年九月，我在省城上了高中；也學會了化思念為力量，知道一定「要讀成書」。三年後，我終於成了大學生。一九六三年取得了北京大學的最高學位和令人心羡的職務。從此，那邊廂，媽媽常說：「兒子和媳婦都讀成書。」

一九七二年，我原想取道香港回到媽媽身邊。但，事與願違，有家歸不得。七年後，我拿到黑印身分證，可是由於社會因素，只能在新加坡和媽媽及兄弟見面。那是闊別二十六年後的一九七九年，媽媽做夢也沒想到，人生中竟然有一次無言而喜悅的重逢。那天早上六點多鐘，她已從柔佛州來到新加坡。歲月是無情的。她雖然瘦了些，但精神很好，一見到我就用凝重的目光向我作了循環式的全身掃描，並慢條斯理地說：「我撿回了一個兒子，身體很結實，快坐下，喝杯咖啡烏。」那時的我，像是一隻人人都愛護的小鳥，只見屋裏擠滿了人。

一九八三年夏天，我攜眷乘坐聯合航空的夜機到新加坡會母。孩子們子夜的呼喚，衝破了夜的寂靜，媽媽應聲開了門。我終於把兩顆幼苗放在母親面前。她左手摟着孫子，右手拉着孫女，笑眯眯地對謙恭的媳婦說：「好！好！」（女＋子）

人間歡樂的時光是短暫的。一九八五年四月二十七日午夜的電話鈴是一串斷腸的噩耗。我老淚橫流，但令人痛不欲生的是「死不能送」的哀傷。天底之不孝皆莫過於此。悽慘的社會因素！至今與媽媽的死別已過十年，記得一九八四年在新加坡告別時，媽媽坐在六弟的車回大馬，當發動機啟動，她凝視着我。揮着右手，破天荒第一次地說了聲「拜拜！」這是她留下的最後的聲音和揮手。

如今，哭雙親，總是有淚又有聲。夜闌。這是窗內斷弦的琴音：

對鏡照孤影，滿臉愁上愁，／尋根何處去，春暉無人收。／細雨灑滿地，泣聲哽咽喉，／天下父母思，未報自含羞。／生也，不醉半葉秋，／死也，不醒半魂幽。

【**小賞**】本文寫的其實是最典型的事件——人生的生離和死別。字裏行間充滿了深刻真切的感情。許多赴外讀書、深造的華人子女，都有過類似的經歷和體驗。文字很有詩意。

米飯班主

・鍾愉

一般人提起這幾個字，就聯想起自己工作上的老闆。其實我的真正米飯班主，是我最敬愛的父母親。

我生長於一個幸福的家，從小就依賴父母的悉心照顧。母親結婚後，一直沒有再外出工作，原因是父親不想母親辛勞，所以她便一心一意在家中做家庭主婦。他們常提起：小時候我們住在九龍城，有一次我和包租婆的小女兒吵架，她不准我看她的電視機，我不講理，便將她推跌在地上，母親於是被包租婆責罵，成為我的代罪羔羊。不久父母將平生所蓄，購買了一部黑白電視機滿足了我。我也曾經擁有許多鐵甲人玩具，它們是電動的，會行，會走。由於我的頑劣，至少有六至七個，全都枉死於我的鐵鎚下，米飯班主從沒有怒責於我，只是一笑置之。是否他們所賺的金錢很容易呢？其實他所賺的每一分、每一毫，全部都是血汗金錢！

父親是一位很孝順父母的人。我的祖父、祖母在我唸小學至中學期間都已先後去世，祖母生活在中國潮安縣，父親因工作及照顧我們的關係，一直沒有機會回鄉和祖母相聚。有一晚，父親和我在公園裏談家事，我見到淚水從他眼裏流出來，他以沒有照顧祖母為一生中最大憾事。有些人說：潮州人重情，我相信他也是這樣的。

他不但沒有做父親的架子，而且與我們沒有隔膜；他的優點很多，如待人友善、樂於助人、不計較小節、不亂花金錢、沒有不良嗜好。在家中除了我這個長子以外，我還有一弟一妹。當我們三兄弟妹踏進中小學階段，米飯班主——父親感到肩上擔子最重。不幸的事來了，因他的老闆要移民，他只好轉了工作。由於工作量多了，體力勞動量也大了，工資反而少了，他硬着頭皮，厚者臉，找他的同事幫助。父親為了這個家庭，不惜犧牲了自己的精神、力量和自尊，後來難關已渡過了。

有一次因家庭糾紛，我和米飯班主吵起來，我竟然對他說了一句不應該說的話，令他非常心痛。記得那是米飯班主的出糧日，扣除他日常的正常開支外，剩下來的全部作為家計用，見到那麼少，我對他大大聲說：當我賺錢回家時，我一定會比他賺得多，帶回作家計用！這是鬥氣語，至今每當我想起這句話時，我總覺得自己太衝動，十分內疚！到了我工作之後，我有時也沒拿錢回家，所以相對來說，還是爸爸對家庭貢獻最多。數不完。我真對不起爸爸！

米飯班主近期患了眼疾，風濕骨痛，但他很少提起自己的病，不願令家人擔心，這樣反而令我不安，希望他早日康復，快快樂樂地安享晚年，因為他們付出無盡的愛心關懷，使我們有一個健康的成長，我在此感謝爸爸、媽媽，我愛您們！

【小賞】寫得非常樸實。不誇張、不強烈、卻異常真實地刻劃了一位平凡而可敬的父親，這也是普天下大多數父親的形象。他們既是一家的精神支柱，又是一家的米飯班主，地位是舉足輕重的。

父親的一段感人往事

・王心果

對父親的一生瞭解甚少，我在襁褓中，父親就往菲律賓謀生去了。抗戰後他回過鄉，記得當時我剛入讀小學，因考問功課答不出，曾被他打過手板。三年後父親又因患肺病返鄉就醫，卻住在離家十里外的一位醫生家裏，難得見他一面。直到返菲前夕，他要寫信而找不到一枝派克筆（筆被我帶到學校丟失了）。我又被他打了一頓，自此廿多年沒與父親見面了，那時父親給我的印象是很欠缺慈愛的。到了七十年代中期，我獲批來港與母親會面，鄰村阿水兄提了一包禮物來為我送行，他不厭其煩地對我說：「見到你父親，一定要代向他請安，道謝他為我父親做了那麼多事！你父親真是大好人啊！」我抵港不久，父親也自菲島來港與我們相聚。但這時的父親，已是個滿頭白髮而患重病的老人了，見他整天躺在牀上哮喘，已沒有兒時那麼令人畏忌了。有一天我想起阿水兄吩咐我要說的道謝話，就湊到父親牀前問因由。父親反問我：「阿水是誰？」我說：「他講你曾經救過他家父，還說，他一家人都很感激你！」父親聽了笑起來：「哦，你說的是福全壽全倆兄弟的後人呀！虧他還記得前輩的恩德，福全也可安息了，他養育了好後代！」

我問：「他對您老人家如此感恩戴德，到底當年幫過他父親甚麼忙呀？」

「說起來已是日本南侵時候的事了。」父親終於講出了當年那件往事來——

一天晚上，突聽後巷有人來拍門，我去開門，見一位滿身是血的人跌撲進來，他背上還揹着另一個人。我急忙扶之人屋，又將他昏迷的同伴安放在牀上。燈亮了一看，哎呀，原來是壽全呀，那不省人事的重傷者是他哥哥福全啦，我大驚問道：「怎麼搞成這樣！又與日本人幹起來？」壽全說：「游擊隊缺吃的，下山來搶軍糧，卻遭遇日本鬼攔截，犧牲了幾個同志。」

我說：「看你哥哥已很危急，要趕快找醫生。」我們正談着，遠處又傳來日本兵車的呼嘯聲，可能又要來搜屋捕人了。我忙叫店夥計說：「快！快把店門打開！燈火也全亮！」壽全吃驚地望着我，不明白我的用意。我說：「眼下我們都難以逃脫了，倒不如獻空城計，大開店門，說不定日本鬼還以為我們仍在營業做生意呢！」我估計得不錯，日本兵到傢俬鋪來，看見燈火輝煌，只望了望，敲了幾下擺放在店前出售的櫥櫃，就擁往別的店鋪去敲窗砸門了。

此時，我忙叫店夥計去找來了一輛馬車，將福全放在衣櫃裏，假扮給顧客送貨，給福全轉移到一位當醫生的鄉親那裏去急救。很可惜呀，福全中槍多處，醫生也難起死回生……福全過世後，我籌款收埋他，到抗戰後，我又花錢為他在華人義山墳場買了一處冥屋，安放他的靈柩。六〇年，壽全也壽終正寢，我將之葬在他哥哥墓屋中，倆兄弟算是可以安息了。如今，他們的後代子孫應是知道了有這件事，才會念念不忘要來說感謝……

聽父親講完這段往事，我慨嘆不已。也真沒想到，眼前身衰體弱的臥病瘦老人，當年竟是如此見義勇為，如此奮不顧身去為一位鄉親竭盡全力……難怪阿水兄會讚頌我父親是個大好人。父親，你真正是個大好人啊！以往我誤解父親欠缺慈愛，但父親冒險犯難去救助他人，這是何等的仁慈之心啊！何等的憫愛之情啊！

【小賞】這位父親小事不認真，大事卻不含糊。誰會料到如今「滿頭白髮而患重病的老人」年輕時候有過這樣一段見義勇為、冒險犯難去救助他人的感人往事呢！文章先引小事，用別人的口稱讚父親，造成懸念，然後用父親現身說法，展開描寫，可謂別致。

一個很平凡的農村婦女

・李昭孔

母親出身在福建山區的一個農村，只唸了三、四年的書。小時還纏過小腳，到後來才放腳的。她在十八歲時，由「父母之命，媒妁之言」下嫁父親。我在五歲時與妹妹隨母親飄洋去印尼雅加達與父親相聚。後來祖父買了一間大屋，兩邊住的都是醫生，是屬於較高尚的住宅區。隨着歲月的流逝，我們這個家庭逐漸變成了「四代同堂」的大家庭，二十幾口人都住在一起。而家務事就歸母親負責。這樣的大家庭單是一日三餐就夠母親忙得團團轉了，每天還要給祖父、母燉雞汁、燕窩之類的補品進補。有時祖父、母不滿意，還要受到訓斥，而她總是「逆來順受」，從不敢作聲。

記得小時候最高興的事莫過於一早跟隨母親去菜市買菜，因為每次買好菜之後，她總會帶我去光顧一家賣雞粥的攤檔。吃上一碗熱氣騰騰而又美味的雞粥，在我們小孩來說這已是一樁極高的享受了。

我在幼時曾得過「脫肛」的毛病，也不知怎麼會被母親知道了。所以在我每次解大便時，母親會拿着手電筒觀察，在我完事後她會用手把肛門托回去。後來她買來白蘿蔔去榨成汁，每天都給我喝一杯。這種又苦又辣的白蘿蔔汁是很難喝的，每次喝完她就舀一湯匙的白糖放進我的口裏。就這樣不多久我的這個毛病竟也就治好了。

一九五三年十月，祖父、母相繼病逝。我們這個大家庭才分了家，我們家搬到外面一間兩層樓的小屋，我因貪大屋離學校很近，仍住在老家，沒跟父母同住。有一次我得了瘧疾，早上去過「左鄰」的西醫看過病吃了藥。但到了晚上仍未能退燒，人就迷迷糊糊地躺在牀上，忽然我鼻子聞到一種很熟悉的紅蔥頭的氣味，額頭感到有隻溫暖的手在摸着。我睜開眼睛就看到母親那慈祥的臉孔。原來她聽說我病了不放心。特地跑來大屋看望我。當她見到我病成這樣，使她非常擔心。又趕到「右舍」把另外一個西醫請來給我看病，打了一針，又吃了藥，一直等我睡了，她才回去。第二天早上，我也退燒了，病也就很快的好了。

一九五七年在回國熱潮時期，我也決定回國升學了。臨行時，母親提着一盒炒飯來到大屋，默默地看我一口一口把飯吃完了，才讓這即將成為遊子的我乘汽車去碼頭搭船走了。沒想到這竟是我最後一次見到母親了。一九七六年的一個深夜裏，母親因心臟病發作而安詳地離開了我們。而我在事後從家信中才得知這個不幸的消息。心中感到十分悲痛和慚愧。在母親有生之年沒能好好孝順她老人家。

一九九零年我與太太回到了闊別二十多年的雅加達。第一件事情當然是去給父母掃墓。哪知那天早上臨走時，我的胃病又發作了。大吐特吐弄得滿地都是髒東西。我等到稍為好了仍帶着祭品，在親人們的陪同下來到母親的墓前拜祭。我深痛未能見到母親的最後一面。回想過往母親的恩情，腦海中又呈現一幕一幕母親如何愛護我們的情景。我彷彿又看到她那慈祥的臉孔，伸出手在摸摸我的額頭，鼻子裏又聞到母親手裏散發出的紅蔥頭的氣味……這時我已忍不住流下眼淚，嘴裏嗚咽不已，人已陷入極度悲痛之中。

這裏，在這異國的土地上，埋葬了一位很平凡的中國農村婦女——我的母親。

【小賞】文中多次寫到「母親手裏散發出的紅蔥頭的氣味」，天下為人子者有福了，假如能時時刻刻、在此一輩子中永遠聞到此紅蔥味！本文寫母親托肛、搾蘿蔔汁、為兒子找醫生、炒飯……大都很平凡，但這平凡的任勞任怨，就在我們面前豎起了偉大母親的雕像。

簷前滴水

·吳佩芳

清明掃墓，心內竟是百感交集。沿着山徑走，兩旁綠樹林立，偶有三兩隻小鳥棲身樹梢上，唧唧鳴叫聲中，似在訴說未報親恩劬勞那份愴然無奈！

三載離別，新墳也成舊塚，本來空置的地方，又增添了數十個新建墓碑，從碑林中去找尋那屬於慈母的安葬之地。將手上的黃菊插在瓶中，心內又是一陣淒然，不覺淚下如雨！相依多年，她已長眠地下，但昔日歡聚的片段，仍在腦海中重現。

孩提時代，我是家中獨女，沒有玩伴，只是繞着父母膝前生活。父親對我疼愛有加，母親照顧更是無微不至，童年家境清貧，寒舍簡陋，卻親情洋溢，溫馨可愛。

踏入中學階段，父親因積勞成疾與世長辭，母親便要獨自挑起家庭擔子。祖母是舊思想，認為女兒家不用讀太多書，提議我到工廠做事以幫補家計，但母親堅持要我完成學業，自己卻四出奔走工作，回家更要兼顧翁姑，料理家務。

畢業那年，為着陪伴我，母親遷離鄉村，在市區租住。每天上班前，她為我預備了豐富早點，下班回來，總有熱香四溢的飯餸等待着我，生日時的雙蛋拌麵條，更使我回味無窮！

初次離家外出旅遊，母親總是千叮萬囑，路上要小心，注意健康。恰巧旅遊當地颳起風暴，母親在家牽掛萬分，坐立不安，直到我安全抵港，她在神前謝恩，流着感激的淚。此後，我再也不會選擇長線旅遊，因為彼此總有牽掛。

在我心坎內，母親似是一朵大蓮蓬，我卻是一顆小蓮子，在她的支持蔭庇下，外面風雨不侵，縱使內心泛起風浪。她也耐心聆聽，苦心勸慰開解，慈母在身邊，我不會徬徨恐懼。

相依多年，母親突患頑疾，多次進出醫院。住院期間，她每天清晨找尋女兒，弄醒鄰牀老婆婆，又摸索到門口，嚷着要外出買餸煮飯給女兒吃，勞煩醫護人員領回病房。我下班往探病，她哭着要出院，此刻，我的心痛了！

由於她病情轉壞，復元無望，只得遷入南朗醫院，這所環境清幽，卻是耗盡人生路途的驛站！

每次迎着夕陽餘暉，踏上南朗山道，我心裏總是有些驚惶，不知母親會是何等模樣？仍保持清醒狀態，抑或是插滿喉管，吊着鹽水呢？離開時，已是夜幕低垂，晚風吹來，有些寒意，明晨升起的會是今日的太陽嗎？

一天午後，我告了半天假。在母親牀前陪伴，雖然她仍是昏迷不醒，但輕按眼皮，她竟流下滴滴眼淚，我的心又酸了！人生旅途最後一段竟是這般難走，黃昏中高唱夕陽西下。又是何等悽楚！

此刻萬籟俱靜，我獨坐窗前，追憶甜蜜的童年往事；望着夕陽瑰麗的餘暉，尋覓昔日慈愛的呼喚聲。人生道上，我們可能忘掉很多東西，忘不掉的卻是豐盈的「親恩」！

【小賞】以散文詩般淒美的文字，傾吐對親恩的感激，牽動讀者的情懷。讀到住在病院的母親，每天「嚷着要外出買餸煮飯給女兒吃」，凡血性之人，熱淚能不盈眶？「父親對我疼愛有加，母親照顧更是無微不至」，這樣的父母之愛，有哪一種愛可替代？有了這種愛，人生復夫何求？

遺產

・李華川

父親很像一個鐵漢子，身形皮膚給我的感覺非常黑實，眼睛有神，是一個刻苦耐勞，典型的勞動者。看他一雙粗糙的手，不相信他能寫得一手好書法，就憑這一手好書法，足以夠他一生自豪。他的堅持與固執，給我很深印象。

我年幼時父親常對我說，他讀過很少書，他經常練習書法，才有此成績。

母親身體瘦弱多病，為了維持生活，不想父親工作得太辛苦，而在街邊擺賣小吃，賺取零碎的錢幫補家計。我和妹妹當時年紀還小，但生活把我們磨煉得精乖成熟。

隨着歲月，我和妹妹都長大成人，而母親的病一直沒有好轉，病情反而日漸嚴重，入過不知多少次醫院，逃出過不知多少次鬼門關，醫生說，病了二十多年，與病魔決鬥仍能生存，全憑母親有固執的生存意志。

試想，生、老、病、死都是每個人必經之路；父親比母親先逝而去，後幾年的時間，母親帶着重病堅強生存下去，終於，敵不過病魔而逝世。兩老能終老而逝世，完成堅強固執生存的歷程，對我和妹妹亦有所交代。

家境窮困，父母臨終也沒有留給我任何遺產。啊！我想。也許兩老留給我一種「精神遺產」就是「堅強地、固執地生存」。

【小賞】精神遺產比其他任何遺產更重要，前者無價，可以一生受用不窮；後者有限，不消多久也會被敗家子耗光。本文對此有很好的描述和體會。

志在桑梓

· 李遠榮

今年農曆八月初六，是先父逝世廿八週年紀念日，我飽含着滿眶的熱淚，寫下這一篇紀念文章。

我父親名叫李五香，一九〇三年出生於福建省南安縣芙蓉村。家境貧寒，十二歲就離鄉背井，隨親屬前往馬來西亞謀生，首先在陳嘉庚先生的謙益棧任職，因勤於鑽研業務，頗得陳先生信任。後來經陳先生介紹，轉去其女婿李光前先生創辦的南益橡膠公司工作，並擔任要職，達三十年之久。

一九五〇年，父親四十七歲，平步青雲，時任南益橡膠有限公司總巡，正是一人之下，萬人之上，出門有小轎車、專職司機，一呼百應，薪金優厚，有享不盡的榮華富貴。

這時，新中國剛成立，在陳嘉庚先生建議下，李光前先生決定在家鄉福建省南安縣芙蓉鄉興辦中、小學校及其他建設。陳嘉庚對光前說：「李五香先生可擔此重任。」李光前欣然接受他的提議，並向我父親陳明大義。父親以祖國桑梓之教育事業為重，自願犧牲個人利益，接受光前先生之委任。

臨行前李光前先生特擺豐盛家宴，把酒餞別。翌日，父親帶領家人乘荷蘭郵船飄然返國。

那天送別的場面，至今難忘。這是一個風和日麗的早晨，父親帶着我們，乘車到新加坡碼頭，只見送行的親友人山人海，他只有不斷地揮手致意。父親穿着一套灰色西裝，打着鮮紅的領帶，不帶一點離愁別恨，揮手中滿臉笑容，毫不眷戀日前的榮華富貴，踏上了人生的另一征程。幾天的船程，只見父親常常一個人站在甲板上，遠望大海，迎風佇立，時而熱血澎湃，引吭高歌：「風蕭蕭兮易水寒，壯士一去兮不復還！」他唱的是荊軻的「易水送別」。過後我才知道，父親是申請單程回國，抱着破釜沉舟的決心，一定不負陳嘉庚、李光前先生所托，把家鄉教育事業辦好。

芙蓉鄉是個貧瘠的山區，公路也開不到這裏，坐單車要走到十里外的洪瀨鎮；三餐吃地瓜粥，下飯菜只有自製的醬瓜、菜頭、腐乳；晚上點煤油燈。夏天要忍受酷熱的煎熬和蚊蟲的侵擾；冬天要冒着寒風和霜凍。在這種困難的情況下，父親風雨無阻，十年如一日，每天起早摸黑走一里多的路程去國專校董會，籌劃擴建國專小學、國光中學及其他建設。先後建成國光中學校舍多座、國專大禮堂、梅山醫院、芙蓉橋、國專小學分校等十餘個項目。這些工程規模宏偉，耗資人民幣五百多萬元。一個貧窮落後的鄉村，變成了全國著名的僑鄉。李光前後來回國觀光，對這些建設極為滿意，認為自己的理想得到了實現。

父親不幸於一九六七年八月初六逝世，享年六十四歲。

父親在世時常常教導我們，因各人資質不同，他並不要求我們日後一定要做大富翁或偉大的人物，但卻要我們做一個有用的中國人，要熱愛祖國，熱愛家鄉。

我父親，他不是富翁，並沒有家財萬貫；他也不是偉人，並沒有幹出甚麼轟轟烈烈的事業。但他是一位愛國華僑，為了祖國的教育事業，他確確實實作出了犧牲。他雖然已離開人世，但僑鄉的人們永遠懷念他。

——紀念李五香先生逝世廿八週年

【小賞】「做一個有用的中國人」，是文中父親對其子女的教導，也是每一位有血性的炎黃子孫應該達致的人生目標。為了祖國的教育事業，犧牲了個人利益，值得後人永遠尊敬。

傷逝

・林力安

父親終於捨我們而去，在我四十歲生日的次晨。

一年多前父親患了腸癌，動過大手術，整個人變了形，我們已有心理準備，但不知何時何刻降臨。為了多些時間陪父親，我沒有上班，三天兩日就去侍疾，這是我們父子四十年間最和諧的一段日子。

在我十二歲時（一九六五年），父親才搬回來與我們同住。之前他是在學校寄宿，一個月才回來兩次的。我們是多麼的陌生啊！

父親的兒子當中，我得到他的遺傳最多。無論外貌，所走的路（教師、寫詩），都很相像。但也有頗多不同的地方，如父親善書法，作舊詩，還會刻圖章，能演講，交遊廣闊，開朗，注重儀表，青壯年時嗜煙酒等等。父親的一生我想是不快樂、不滿足居多。他有很好的女兒，但沒有很好的兒子；他有很遠大的抱負，但能實現的恐怕很微小。臨終前他有很多事交託我做，我希望能逐一辦妥。

以前我不懂事時常怨父親沒有給我很好的照顧、很好看的容貌、很聰明的腦袋、很好的物質享受，現在我為人父多年了，我一樣沒有給兒女他們心目中想要的各樣東西。無知很可怕，但又難於避免，這就是人類各種苦痛的原由。

此刻，正是深夜，我看着相片中和顏悅色的您，一方面慶幸死亡解除了您巨大的身心痛苦，一方面又神傷於人天永隔的萬古愁。

（為悼念先父林仁超先生而作）

【小賞】文章貴精不貴長。本文有回憶、反省、比較、醒悟，平淡中我們仍感受到作者的哀痛。

難於啟齒

・梁淑琪

世上還能有誰比母親跟我的關係更親密？在我踏足這塵世以前，便已於母親體內待了足十月。我與母親之前，還能有啥秘密？

可是，我從不曾坦蕩蕩的剖析於母親前。每回跟她交談，不是口沒遮攔，便是顧左右而言他。偏偏心底最渴望說的話沒法吐出來。

對不起

這夜，我竟然再次以惡劣的態度跟您說話。我知道，您並沒有責怪我的意思，這卻使我更難受。我是真的沒意在您面前鬧情緒的，可是不知怎地，在那一剎我竟按不住我的煩躁，不自覺地惡言相向。

話猶嗆在喉頭，我便已即悔不當初，痛恨自己過於魯莽，竟又對您無禮。

然而，在我還沒組織妥當怎樣把「對」、「不」、「起」這三字拼合以前，您已退出我的視線內。於是，我只好無助地繼續在牀上捲縮着、深深地自責着。

若不能使時光倒流三十秒，可否讓我有勇氣衝到您跟前，溫然柔聲的跟您再討論問題，我絕不會再讓煩悶有機可乘。

也許我真該對您說聲「對不起」，不獨為三十秒前的事，也為從前您無條件原諒我的事情。可是，面對自己最恭敬的人時，這三個字卻變得絕難啟齒。

謝謝您

您總是說我冷漠，彷彿沒甚麼感覺。

您疼我、護我，對我關懷無限，我怎會感受不到？我亦想過千百次去表達我同樣是疼您、護您。可是往往在最重要一刻，我總是癱瘓下來，軟軟倒臥在地上，看着您繼續對我疼愛有加。

而我，只是繼續冷然的默默承受着您對我的愛，甚至不懂說一聲謝謝。對最親的人說「謝謝」，感覺上十分突兀，又像是過於客氣了。故此，我選擇了沉默。

別誤會我無情。打從懂事以後，我便曉得您是在如何艱苦的情況下養我育我。

我一直在找尋一個詞組去表示我對您的感激，可惜怎麼找也覓不到。也許，一切心情也要回歸簡簡單單的「謝謝您」三字上。

我愛您

某天您戰戰兢兢地問我：「究竟妳是否愛我？」

我給嚇了一跳。既然「對不起」及「謝謝您」亦無法啟齒，「我愛您」又怎能吐自我口中。忘了怎樣回應，反正最終我沒答您。

也許我們之間從沒有親暱的舉動、沒有溫柔的話語、沒有體貼的問候。沒有關懷的擁抱、甚至沒有經常見面，但您亦不用憂慮，我只是不懂用熱情來回答您，我卻是真真切切，實實在在的滿心愛着您——我的母親。

您未能聽見我親口答說：「我愛您」。卻定能看到、感受到。

我，只是難以啟齒罷了。

【小賞】文靜內向者未必擅於表達內心的感情，尤其是面對自己最敬愛的人時，一切言語都似乎變得很多餘。從「對不起」、「謝謝您」到「我愛您」，是母女感情的三種不同層次，作者都感到「難於啟齒」，卻不妨礙她內心對母親的熱愛和深情。

生日與難日

・孫觀懋

「兒的生日；媽的難日」，這句俗諺本指兒子出生的那天，正是母親分娩的日子，而分娩則是痛苦和危險的，所謂「血盆之災」是也。古往今來不知有多少女子死於這一時刻，說是「難日」一點也不為過。

我生在酷暑，母親分娩時的痛苦可想而知。但母親的災難遠遠不止這一天，可以說，自她生下我以後，直到她離開人世，四十年中，她不知經受了多少痛苦，而大部分又是我給她帶來的。

還是從我整生日說起吧。

我十歲那年，父親已去世，母親新寡，她獨自挑起了生活的重擔，日子捉襟見肘，本已十分艱難，可我又患了腎炎，手、腿、臉的浮腫愈來愈明顯，這無疑又為母親加重了負擔，她除了要解決我們的衣食問題以外，還要帶我去看醫生，一面籌借昂貴的醫藥費，一面想方設法給我加強營養。我不記得母親當時是怎麼熬過來的，我只記得，她為了治好我的病經常燒烏魚湯給我喝，腎病忌鹽，她又為我找來代用品——秋石，自此，我家的菜都偏淡，母親把心血全付給我了。

我廿歲那年，因患肺結核未能參加高考，身體稍好以後便在一間小學代課，此時正遇上所謂「自然災害」時期，飯都吃不飽，遑論營養，我舊病復發，竟大口咯血，把母親嚇壞了，常背着我暗自流淚。為了止血，她打聽到一種偏方，用鰻魚在瓦上焙乾，研成粉末，拌紅糖吃。鰻魚焙乾的過程中發出一陣陣腥臭，令人難耐，母親不讓我在旁邊，怕我吃不下去。我吃了一次，居然不再咯血了。

我三十歲的生日是在勞改農場裏過的，生日早就忘懷了。每天日出而作，日落而息。由於勞動強度大，體力消耗也大，唯一的念頭就是想吃。飢餓可以使人退化成動物，我的一位伙伴竟希望自己是一條牛，因為到處都有芳草，他對牛流露出無限羨慕之情。不久，我也成了大家所羨慕的人，母親長途跋涉為我送來了食品：糖、油、炒米粉、肉鬆等。我看着母親清瘦的面孔，抑制着眼淚，強顏作歡，母親也安慰我，說她過得很好。她怎麼會過得好呢？出門一把鎖，進門一盞燈，孤孤單單不說，社會上的階級鬥爭一浪高過一浪，她在為我受苦。

到了不惑之年，我已回到中學教書，結婚雖遲，但接連生了兩個可愛的女兒，妻溫柔賢淑，一家人相處和睦，家成了充滿歡笑和生氣的溫馨的港灣。

然而，天有不測風雲，她又患了不治之症，在醫院住了兩個多月。

有一天，我們全家去醫院看望母親，一見面母親卻說：「你今天不必來呀，快帶孩子出去玩玩吧！」我大惑不解：「這是為甚麼呢？」她說：「今天是你四十歲的生日，媽不能給你煮碗麵，快到外面開開心心地過一天。」我頓時怔住了，我早把生日忘記了，只有母親記得。……

【小賞】何謂「賢妻良母」，讀者當可以從本文體會到。為治好兒子的病，為使兒子不挨餓，這位母親可說是費盡大半生的心血。「兒的生日；媽的難日」雖因醫學文明而有所改變，但母親懷孕的辛累，以及一生為兒子所付出的，不但是心血而已，甚至是生命的代價！

不能碰、不能糊、糟糕

・劉素儀

認識我或初認識我的人都感覺我像是個長不大的孩子。可是天外有天、人外有人，我的母親才是其正的長不大的孩子，她豁達、不憂慮、無求。母親從來沒有受過正式教育，卻明白不少人生大道理，她服侍婆婆時，說婆婆（即我的祖母）常為她講古人的故事，曾教她好多道理。五十多年來她的家就是她的天地，她像孩子一樣無機心，常常發出比其他人高出五度的銀鈴似的笑聲，在我的心目中，她才是真正長不大的女孩。

別人說我長得嬌小，母親卻比我還要嬌小，她身高不足五呎，年輕時體重大概只有九十磅。她那小小的身軀可不能小看，她一生裏共生過八名兒女，雖然只有五名能長成為人。母親生孩子，有時在鄉間生。有時在留產院生，像我在家裏生，而生最小的弟弟時因當時已年逾四十才被送到醫院去生，而且個個順產，令人叫服。

母親對生活的要求不高，以七十二之齡，仍堅持自己燒飯洗衣。她雖不識字，卻認得廣東麻將牌上的幾個漢字——東、南、西、北、中、發和一二三四五六七八九萬。母親把孩子們帶大後最大的消遣就是打麻將。有一天她忽然不再在中午過後出外找其他「婆仔」打牌，還十分認真的告訴我們：「你們之中找個人陪我去看醫生，我這雙眼睛有問題，打牌時連對手打出的是一萬還是二萬也看不清，又不能碰牌，又不能糊牌，糟糕！」

我連忙帶她到相熟的眼科醫生處檢查，醫生的結論是她兩隻眼睛都患了白內障，一隻極嚴重，另一隻較輕微；但她的視力其實已差至僅能看見面前的呎多二呎的物件！再遠些的物件就像在白霧裏一樣。她還說：「我問過其他老人家，他們也說人老了看東西就不會清楚，人人都是這樣，我便懶得出聲。」我們說母親若不是要打麻將，可能還不致開聲要看醫生。醫生還讚她本事，靠記憶和觸摸周圍物件可以如常的上街買菜、燒飯和照顧自己。

醫生盡快的安排母親入院做手術，要從眼球內取出已發白霉的晶體，再放回一粒塑料做的晶體。母親這次入院，十分緊張，她七十多歲人，從未開過刀，進入手術室前一刻還要問我們：「阿女，不痛的吧，我害怕。」

母親的五官中以眼睛生得最好，她溫柔的眼神最叫我們戀棧，還記得小時候我和幾個小弟妹常爭着要與媽媽睡，就算已爭取到躺在母親身旁，還要她掉過頭來望着我才算數，不許她面對睡在她另一邊的弟弟。

手術後，母親被推回病房，許是麻醉藥過後感到不適，她躺在牀上一直悽然地叫：「醫生救我，我好辛苦。」醫生說：「你們母親很特別，像孩子一樣叫痛，她基本上沒甚麼，手術很順利。」

現在兩隻眼睛都做了手術的媽媽比以前更快樂了，因為她打麻將時連眼鏡也不用戴。看見媽媽健康的享受她簡單的生活，更叫我相信叫人活得快樂的不是財富，而是健康。而叫人活得愉快的不是高深的理論和學問，而是「知足常樂」之類的老生常談。

【小賞】用頗為欣賞的語氣記敘母親，本身已叫人激賞。最為特別的是母親想動手術的原因和她的孩子般個性。文章結尾得出的身體健康和知足是快樂之源的結論。增添了文章深度。

冬日的陽光

．劉樹華

父親逝世已十二年有多了。九歲開始，我就是他一個叛逆的兒子。我們住在徙置區。父親禁止我在冬天用冷水洗澡，並用上他的權威，監督我將熱水倒入桶內。我卻在外面倒掉熱水，在公共喉裝上冷水。父親年青時不大顧家，常和母親吵架，也加深我對他的反抗。當我逐漸長大，他嚴父的形象也逐漸失色、退卻了。在我沾沾自喜反抗成功時，我才發現，父親已經老了。

由於疾病纏身，父親不得不回鄉休養。每次我回去看他，他總是很高興，四處對鄉親們說：「兒子來看我啦！」可惜他敵不過病魔的折磨，在返鄉的第十年，終於去世了！記得那次回鄉奔喪，父親躺在大廳木板上，容貌依舊。我的腦子一片空白，跪在他面前，毫無感覺。鄉親們交頭接耳，責備我竟沒一滴淚水。

在他落葬那天，下起毛毛細雨。鄉親們在挖土，我跪在他的棺木前。在迷濛的雨中，我看見父親在棺木內坐起來，擔憂地對我說：「阿華，你為甚麼那麼夜回來？外面治安不好，壞人又多。我和你媽睡不着，在走廊等你好久了。」

毛毛細雨變成密集的雨箭，我竭力看清他的容貌。父親赤身露體，祇穿一條短褲。他身上貼滿了日本脫苦海膠布，身體瘦得皮包骨。他說：「為了你們幾兄弟，為了這個家，我怎能不工作呢？」

是的，中年以後，父親已判若兩人，努力工作養家了，我時常責怪他對我不好，但他從未打過我。

當我跪上前想觸摸父親時。卻祇能摸着一副密封的棺材。我的淚水如泉水般湧出，混和着密集的雨水。我再也不能和父親說話了！

我坐在父親的墓旁，吸着煙。冬日的陽光很和暖，微風又帶點寒意。父親入土為安已十年了。中國人重視落葉歸根，父親可以葬在自己的故鄉，而且還是在山上，可以看見整條村、村內的屋瓦、村外的農田、村中小孩的玩耍和田中鄉親的勞動，想來是應該滿足的。

祇是，墓前長滿野草，顯得一片蕭條。我拔着野草，心中有點慚愧。我對父親說：「爸爸，我會盡量抽時間來看你的。你好好安息吧！」

【小賞】年青時不大顧家的父親和叛逆的兒子，變成了努力工作養家的父親和跪棺流淚的孝子，本文以倒敘、回憶、夢境、景物描寫多種手法，寫出了深沉的父子情。

在母性的天空下

・夢如

對我來說，她曾經是偶像，溫情卻又無可企及，高高凌駕於雲端之上，俯瞰着人間，嘴角含笑，我的憂戚和歡樂，她永遠不會知曉。她是那樣美麗，兩彎半月形的大眸子，秋水粼粼，波光熠熠，可惜我無緣從她身上，竊一絲兒美麗，我們幾個同胞姐弟，都遺傳了父親的淡眉細眼，委實其貌不揚；她的聲線溫柔，略帶一點磁性的沙啞——我是在闊別二十年後才重新聆聽那聲音的——一直到如今，感覺依舊渺遠，像是來自另一星球的語系，真實卻無以觸摸；她的胸脯厚實柔軟，作為慈母的形象，的確無懈可擊。可惜無論是大而明亮的眼睛，還是溫柔沙啞的聲線，都不以我的悲喜起霧，或者琴弦一般鳴響——那是我夢寐以求的。直到如今，但凡看見朋友中慈眉善眼，胸脯厚實者，皆有一種欲撲入其懷中的衝動，幸虧怪念頭總是一閃即逝。

我想，在眾多姐妹中，不會再有第二個人，如此發狠地鞭策自己，為要得到她的嘉許，哪怕只是一抹淺淺的笑，牽動嘴角，眸中卻斟滿新釀的葡萄——就像以兒女為榮的所有母親一般。然四十二年前掌中的那顆明珠，而今依然是她唯一的驕傲——無論這幻夢般的名字，如何在荒原中迴響，都沒有一點漣漪，能夠觸動她靜止的岸。

於是我明白，人體中有一種自動關閉機能，拒絕接受某種訊息——因過於執着的愛或者恨。

她當然不至於恨我，而是我的存在，逼她看清一個事實，那絕非她悲天憫人的菩薩心腸所能接受。女兒越是成功，歷史的包袱便越是沉重，她年邁的肩膀無力承擔，因此有關女兒的一切，她都諱莫如深。她只關注生活表層的瑣碎事物，而不願進入我的感覺，我的支離破碎的藝術世界。她的自動關閉機能令她看不懂我的文字，包括那些顯而易見的，以她為抒情對象的詩；然而她的書信，卻寫得文采飛揚，令人難以相信出自小學生的手筆。

她是那樣溫和地拒我於千里，而我又在某種距離之外，星辰一般遙遙地注目，渴望有一天神跡出現——她必然向我伸出山脈一般的手臂；在鬆軟芬芳的泥土的懷抱，瘀積了四十年的血，終於稀釋成滂沱淚雨……

此刻，我相信她已還原人間，不再是神，而且正顫巍巍地、努力朝我走來……

一步之遙，如隔一片汪洋。

在丈量着距離的同時，我亦恨恨詛咒這距離！

【小賞】以詩一般的語言，訴說母女間的特殊感情，非人情之常，也乏親情之倫，這一切源於歷史，源於距離。這也有好處，令作者「發狠地鞭策自己」——母親和女兒的特殊細微心理，反映出人性的複雜，非細究不足以徹底明白。

舐犢之情

・潘如蘭

「月色欲盡花含煙，月明如素愁不眠。」

推開窗口，金風輕送。中秋節剛過，氣候就明顯地轉涼。晚上看明月卻還是那麼的明亮，並沒有因季節的改變而轉淡。

中秋節那晚，乘車經過維園，園裏的燈火和熱鬧情景吸引着我，很自然地就身不由己地踏進了這個充滿節日氣氛的園地。

草地上孩子們在父母的陪伴下，點起蠟燭各自用燭光劃分界線，獨霸一力。蠟燭火光的圓圈裏是團圓的一家。在燈籠光圈的照映下，在節日的氣氛中，孩子們的臉上都充滿了辛福、快樂的笑容。當吃着月餅的時候，他們是否有嚼到團圓的味道呢？三十年前在海外住家的陽台上吃過中秋月餅。和父母一起躺在帆布牀上指點月宮裏嫦娥玉兔的影子，我也似乎領略得到團圓滋味。

今天，依然是中秋明月當頭，月宮裏卻不再是嫦娥玉兔的影子，而是老爸坐在靠椅上，夜晚挑燈看書的剪影，那情景是那麼清晰、那麼真，不因歲月的流逝而變淡。

老爸是個武俠小說迷。金庸、梁羽生的武俠小說差不多都看遍了。現在我還喜歡看武俠小說，除了承接了父親的遺傳，恐怕是小說裏那精采緊扣的情節之外，還夾着留有老爸在我腦海夜晚看書的影子吧。

父親一生勤勞工作，對孩子很少關注。為了生活，早出晚歸。我也只是在晚餐的時候，才有機會上樓叫聲「爸爸，吃飯」而已。

我們之間的交往是那麼的貧乏。只記得有一次我發高燒，睡到半夜覺得口渴，喊着要喝水。那時，全家都睡了，只有老爸還在夜讀。聽到我的叫喊聲趕來拿水給我喝。而剛巧，壺裏沒有冷開水，朦朧中只見他把剛倒出來的熱水，用兩個飯碗左右兩邊倒着吹涼了餵給我喝。這種溫柔的悸動是我有生以來最深刻的震撼。父親平日很沉默，此刻的父愛卻深深鑿在我心坎。

團圓之義除了有父親外更少不了母親，老媽子卻是完全和爸爸不同個性的人。一天到晚嘮嘮叨叨，大小事情甚麼都要管。重男輕女思想很濃，我們幾姐妹在背後稱她為「慈禧太后」。她定的家規很多，例如：吃飯的時候，小孩子們不許多言，坐立要正確，拿筷子的高度和捧飯碗的姿勢更要嚴格遵守，稍不留神，便被長輩的象牙筷重錘出擊，嗚咽也不敢一句。那時對母親的許多限制很是反感，偶而也會作反叛的反擊。然而，這些小事，卻對我的一生或多或少地起了一定的影響。

出來社會工作後，接觸到的人和事比較廣和複雜，在社交時難免和別人接觸，當看到某些人犯了以前母親不許我們做的家規時，我會慶幸曾有一位偉大的「慈禧太后」把我們這些猢猻教養成人。現代社會的遷移，使傳統的家庭結構解體。有時也不免緬懷昔日大家庭的熱鬧、風貌與人情。此外。還有妻子兒女都去了外國避秦的香港人，還能有幾個像維園那天的團圓月。別等到「樹欲靜而風不息，子欲養而親不在」的時候才跺足疾首。克盡孝道必須像日本的原子彈火車，一定要快、快、快。

【小賞】從中秋節憶述雙親，且能用一系列細節刻劃父母不同的個性——這不同的個性頗有代表性和普遍性：父親沉默寡言，母親嘮嘮叨叨，但並不妨礙他們對子女的責任和愛。

我的父親·母親

題目：__________　　作者姓名：__________

職業：__________　　學校·年級：__________

日期：______________

《父親・母親》課外閱讀理解訓練

作　者：＿＿＿＿＿＿＿＿＿＿ 班　別：＿＿＿＿＿＿＿＿＿＿

出版社：＿＿＿＿＿＿＿＿＿＿ 姓　名：＿＿＿＿＿＿＿＿＿＿

① 陳德錦**《在風中並茂》**訴說生命中的三種體驗是：＿＿＿；＿＿＿；＿＿＿。

② 陳家春**《燈火在閃著光》**中有句話說得好；沒有了＿＿＿的地方，就不再是＿＿＿，如同失卻了光燄的＿＿＿，不再＿＿＿。

③ 鄭炯堅**《他和「春天」有個約會》**中，「春天」象徵些甚麼？

＿＿＿＿＿＿＿＿＿＿＿＿＿＿＿＿＿＿＿＿＿＿＿＿＿＿

④ 忠揚在**《祭亡母》**中寫道：媽媽。我感激你的＿＿＿，我也感激你的＿＿＿，沒有你們，也許我＿＿＿那苦難的戰爭歲月。

⑤ 劉以鬯**《寒風吹在臉上像刀割》**中，有句句子共重複了五次，這個句子是：

＿＿＿＿＿＿＿＿＿＿＿＿＿＿＿＿＿＿＿＿＿＿＿＿＿＿

⑥ 為甚麼劉以鬯要把這個句子重複五次？

＿＿＿＿＿＿＿＿＿＿＿＿＿＿＿＿＿＿＿＿＿＿＿＿＿＿

⑦ 戴玉明的文章**《無牙老虎》**寫父親自稱＿＿＿＿＿＿。

⑧ 吳佩芳**《簷前滴水》**寫她母親住院期間，每天清晨找尋女兒，弄醒鄰座老婆婆，又摸索到門口，嚷著＿＿＿＿＿＿。

⑨ 李筱潔**《媽媽的便當》**寫她母親去世後，所有的鍋盤碗筷全還是舊模樣，唯獨缺少＿＿＿＿＿＿。

⑩ 杜臨風的**《女兒要出嫁》**寫自己沒有一個晚上睡得安寧，因為＿＿＿＿＿＿。

⑪ **《放在你的手裏》**一文中，劉鳳鸞認為甚麼該放在自己的手上？

＿＿＿＿＿＿＿＿＿＿＿＿＿＿＿＿＿＿＿＿＿＿＿＿＿＿

⑫ 秀實在**《十年憶亡父》**中，說自己哪種性格和父親最相似？

＿＿＿＿＿＿＿＿＿＿＿＿＿＿＿＿＿＿＿＿＿＿＿＿＿＿

修訂版後記

・東瑞

《父親・母親》於一九九六年四月初版，迄今已六年過去了，然這本書沒有過時，依然被讀者歡迎。

念及當初的編排過於擠迫，欠缺美觀，我們趁再版之際將全書重新打字編排，除改正原來沒有發現的錯字外，也把四篇因當時篇幅不足而缺的「小賞」補齊，封面也重新設計過了。希望新版的《父親・母親》能一新大家的耳目，使它更雋永，更經得起時間的考驗。

我們感激九十位作者的參予，那段邀稿的日子倍使我們懷念；我們也感激讀者的支持，使本書成為長銷不衰的一本美麗的書。

也許修訂後還會有未能發現的錯處，請讀者和作者給我們指出，我們願意在每一次印行前改正。

2002年3月